L'âme du manguier

Béatrix Delarue

L'âme du manguier

Roman

JDH Éditions
MAGNITUDES
5.0

*À ma famille, mes enfants,
à mes amis d'Afrique et du bout du monde.*

Ceci est une œuvre de fiction. Les personnages et les situations décrites dans ce livre sont purement imaginaires. Toute ressemblance avec des personnages ayant existé ne serait que pure coïncidence même si le contexte historique et la situation géographique de l'Afrique de l'Ouest francophone sont bien réels.

C'est que l'amour est comme un arbre, il pousse de lui-même, jette profondément ses racines dans tout notre être, et continue souvent de verdoyer sur un cœur en ruines.

Victor Hugo

Joséphine

1

De terre et de sang

Bien avant l'indépendance de la Côte d'Éburnie[1], de grands domaines entourés de plantations s'étalaient parfois jusque vers la mer. Les nuits chaudes, le tam-tam résonnait d'un étrange son, les lucioles illuminaient de leurs lueurs vertes et jaunes l'atmosphère humide, chaque fois magique.

Je me revois assise sur la véranda, écoutant les bruits et clameurs des ténèbres, tout en dégustant un biscuit aux noix de cajou préparé par Mara.

Je lui posais mille questions sur sa vie, je guettais dans ses yeux le moment où elle parlerait. Elle me racontait, les masques, les danses, les traditions, les aventures des uns et des autres, parfois, quand il s'agissait de moi, elle restait silencieuse...

J'ai épuisé toute réflexion pour me connaître

---

[1] État d'Afrique occidentale, sur le golfe de Guinée (superficie : 320 463 km² ; 12,2 millions d'habitants ; capitale : Yamoussoukro ; ville principale : Abidjan). Les noms Ivoire et Éburnie rappellent l'abondance passée de l'ivoire dans cette contrée. La « terre d'Éburnie » ou Côte d'Ivoire peut désigner également la partie forestière du pays.

vraiment. J'ai parcouru des milliers de fois mon acte de naissance. Entre mes mains, je tourne et retourne ma carte d'identité, m'interrogeant sur son histoire.

Vais-je m'embarquer à bord de ce navire, fermer les yeux, laisser le courant m'entraîner au-delà des rapides, m'engloutir dans leurs eaux tumultueuses pour m'éveiller, reposée, dans la paix de l'estuaire ?

Quel sens à mon indignation de ce destin de petite fille, ne suis-je, en dépit de ma colère, que cette enfant capricieuse enfermée avec complaisance dans le piège de son emportement ? Comment suis-je arrivée sur la terre ferme ? Suis-je l'enfant du miracle, de la magie ?

Quels mystères entourent ainsi le jour de ma naissance ? Vous et vous, là-bas, dis-je - me recroquevillant au sein du foyer éteint, montrant du doigt une mère et un beau-père - qu'avez-vous fait de mon enfance, de ces musiques heureuses qui auraient remplacé les moments sombres d'incertitude et de tourments ? Ne suis-je pour vous qu'une quantité infime ?

Sur cet acte jauni, il est mentionné que je suis venue au monde à Tabou, ma mère s'appelle Joséphine. Mon père, Pierre. D'aussi loin que je me souvienne, j'ai toujours été entourée de Joséphine comme d'un épais brouillard mystérieux, j'inventais sans cesse des histoires différentes. Un jour, princesse d'un grand empire, débarquée sur cette nouvelle terre ou reine invincible des pays froids...

Une autre fois, petite Poucette ou Chaperon rouge de mes contes de fées. Pourtant, je n'étais jamais la princesse de personne, juste une enfant qui s'occupe d'une enfant. Il me semble que je n'appelais pas « Joséphine » maman ! Sur mon acte de naissance est inscrit : Jasmine, née le 30 novembre 1955.

Lorsque petite, je posais la question à Joséphine, elle me répondait :

– Silence ! Que vas-tu inventer ? Va jouer !

Grandissant, je posais toujours l'éternelle question de façon plus précise, plus précipitée encore, mais Joséphine réagissait toujours si vivement que je me gardais bien d'en reparler... je souffrais intimement de son absence de réponses.

Je suis une jeune femme composée de terre, de sang, d'air et de chair. Mes os sont minces, se brisent très facilement, mes épaules et mes pieds étroits. Je ne suis pas très grande, j'aime la musique douce. Mes cheveux, couleur du soleil couchant ressemblent à du pain légèrement grillé, des boucles rebelles auréolent mon visage.

Mes yeux sont ceux de la mer, mes larmes coulent très facilement, car je suis sensible et distraite.

Ne sommes-nous donc rien de plus qu'un ensemble de perceptions ? Sommes-nous simplement composés de souvenirs ? Ma mémoire appartient-elle au monde de la raison, de la vérité ou bien est-elle le fruit de mon imagination ?

L'âme du manguier

Ainsi, j'eus l'intime conviction qu'un événement assombrissait le jour de ma naissance, événement qui ne tenait que de Joséphine, qu'elle ne désirait rigoureusement pas partager.

Je marche aujourd'hui sur ce chemin qui longe la maison. Du lieu où j'habite, j'aperçois la vallée à perte de vue, les champs, l'étang et l'immensité du ciel.

C'est l'hiver ! J'ai froid, je frissonne, je m'enveloppe dans cette large écharpe qui ne me quitte jamais.

Je marche sans vraiment savoir où je vais.

Mes pas me transportent sur la terre de Tabou : la terre où je suis née !

2

L'écume de la mer

Marseille 1950. Joséphine s'avance timidement, impressionnée, au pied de l'énorme coque noire, sa valise à la main. Les premiers rayons du soleil taquinent la foule qui s'empresse sur le quai. Soudain tout lui paraît démesuré, la passerelle qui oscille par laquelle elle se hisse, les longues coursives blanches, vivement éclairées qui la mènent à la cabine toute petite, si basse de plafond, à l'unique hublot rond.

Elle embarque sur le bananier Tamara de la Compagnie Fabre et Fraissinet. La traversée durera seize jours, pendant laquelle le bateau fera escale à Tanger, Casablanca au Maroc, à Dakar au Sénégal, à Conakry en Guinée puis Sassandra en Côte d'Éburnie.

Elle n'a que 16 ans, c'est la toute première fois qu'elle voyage si loin de chez elle. Auparavant, elle avait embrassé ses frères et sœurs, et courageusement s'en était allée sans se retourner, quittant son petit village de Bourgogne.

C'est le départ ! La sirène fait retentir deux longs mugissements, le bateau se sépare du quai tout en douceur. Les personnes deviennent minuscules. Longtemps, les

L'âme du manguier

mouchoirs s'agitent et refusant de se retourner une dernière fois, elle pense à ceux qui s'éloignent, à ceux qu'elle ne reverra peut-être jamais. Ses doigts agrippent fébrilement la rambarde. Submergée par un immense sentiment de solitude, la jeune fille éprouve douloureusement comme le besoin d'une présence. Si j'avais une amie, pense-t-elle, je pourrais lui confier ma détresse !

Le vent souffle, hurle à travers les grands mâts secouant les voiles qui se gonflent sous l'emprise. La passagère se retrouve à présent sur le pont où elle contemple au loin, la mer. Elle vient de quitter les côtes de France nappées de brouillard, ce mois de décembre particulièrement froid est loin derrière elle. Le paquebot poursuit sa marche vers l'Équateur avec le long de ses flancs le froissement soyeux des vagues.

Joséphine ferme les yeux. Ses larmes se mêlent au sel ; aujourd'hui, une peur insupportable la submerge tout entière, état qui revient parfois et contre lequel elle a tant de mal à lutter.

La jeune fille ne peut détacher ses yeux de cette ligne rose. Elle a besoin d'horizon. Tout à coup, elle frissonne. Le bateau glisse lentement dans la nuit sur la mer invisible. Les passagers quittent un à un le pont pour rejoindre leur cabine. Des jeunes gens éclatent de rire, enveloppés dans des couvertures, couchés à même le sol ou allongés sur des transats.

Joséphine ouvre les yeux. Elle admire le ciel étoilé que cachent les volutes de fumée. La nuit semble immense et sans fin. Elle comprend qu'elle s'éloigne pour longtemps.

L'âme du manguier

Tout est peut-être possible…

Au réveil, dans la cabine, devant ses yeux, ses vêtements accrochés à la patère se balancent bizarrement, ils glissent lentement à gauche, puis lentement à droite ; ils se décollent de la paroi, puis se plaquent à nouveau sur elle. Joséphine a comme un léger mal au ventre. La mer est démontée, la proue du bateau pique du nez puis remonte vers le ciel. De grosses vagues déferlent sur le pont avant, d'autres se brisent sur la coque, jaillissent en gerbes d'eau et retombent en pluie.

Les heures sont longues, comme un long mois ivre de vent, de soleil et de mer. Peu à peu, Le Tamara s'approche de cette côte africaine qu'elle découvre pour la première fois.

Sur le pont, Joséphine aperçoit les rochers, lointains encore, incertains, le long de la côte. Ils émergent du sable blond, formant des taches, comme de larges gouttes pourpres. Au fil du temps, ils rougeoient, tantôt violets ou mauves, par endroits rouges, roses ou gris, selon les heures de la journée. Souvent alternés d'une longue bande de sable étroite, telle une écharpe plissée, drapée de palmes, la houle sauvage y vient mourir exténuée de fureur, se raccrochant çà et là en une impétueuse fantaisie.

Plus loin, la mer et le soleil jettent des traînées de cuivre sur cet océan de saphir. Les teintes s'estompent, puis pâlissent, mi-émeraude mi-turquoise, soulignées d'écume légère. Le bateau navigue dans le golfe de Guinée. Le littoral apparaît dans la brume blanche qui s'évapore, s'argente et se dore sous l'orbe du soleil.

L'âme du manguier

Joséphine est éblouie par tant de féerie.

Pourtant Joséphine est inquiète. Elle se prépare à entrer au service du gouverneur de la ville de Tabou. Elle s'estime heureuse d'avoir trouvé cet emploi qu'auraient tant envié ses amies françaises.

Elle abandonne derrière elle un abîme qu'elle désire oublier, ne pouvant plus prononcer le prénom de sa mère et encore moins celui de son père.

Joséphine respire, fait provision d'odeurs, tandis que quelques mouettes dans l'air dessinent leurs courbes parfaites. La beauté est là, comme un souffle fragile qui la relie à tout.

Un moment de grâce qui suspend ses pensées.

Elle ignore pourquoi elle est venue au monde : est-elle un accident de parcours ? Une petite fille non désirée ? Quoiqu'il en soit, elle n'est plus l'enfant de personne, ses parents l'ont délaissée depuis longtemps déjà. Pour autant, elle aime rire. Il lui semble au plus profond d'elle-même qu'elle apprécie la vie. Malgré sa tristesse, elle se surprend à chanter, à plaisanter, se réjouit devant une simple fleur, un jeune enfant. C'est un être écorché qui veut se projeter dans l'avenir. L'occasion lui en est enfin donnée.

Soudain, des cris, des bruits surgissent des abords. Elle émerge de ses pensées en apercevant le port de Sassandra. Seulement voilà, il n'y a pas de port ; il faut emprunter "le panier" afin de descendre dans une grosse barque où des pagayeurs, tout en scandant des chants, amènent ladite barque à passer "la barre" énorme vague-rouleau qui borde les plages du Golfe de Guinée.

De curieux appareils sont tendus au bout d'un filin et voici Joséphine, suspendue entre ciel et mer ; elle s'assoit dans la chaloupe, puis se retrouve sur le wharf. Les femmes crient, les hommes sourient. Le ponton n'offre que mains tendues, regards joyeux, visages rayonnants. On tire, on pousse, on hisse : la jeune fille se retrouve dans une posture ridicule, quand tout à coup sa robe se soulève jusqu'à mi-cuisses, parmi la foule en délire.

Abasourdie, elle pose enfin le pied sur la terre africaine. Sa robe de couleur beige devient vite maculée de poussières rouges et se retrouve complètement mouillée. Autour d'elle, ce n'est qu'agitation continue, des hommes noirs courent de tous côtés, courbés sous le poids de leurs grosses malles ; les charrettes attelées déambulent derrière les automobiles vrombissantes. Les petits vendeurs d'oranges, de bananes et de rafraîchissements se précipitent au-devant des passagers débarqués. Un enfant s'approche, tend à Joséphine un fruit qu'elle ne connaît pas en criant :

– Bienvenue au paradis !

Un autre, guère plus grand l'interpelle :

– Mamzelle, mamzelle, ne l'écoutez pas ! Ici, c'est l'enfer.

Le cœur de Joséphine bat la chamade et combien elle se sent perdue ! La nouveauté des lieux, l'ambiance colorée lui font oublier un instant son infortune, mais l'horrible mot que ce garçon vient de prononcer la glace d'effroi. Elle retient ses larmes ne sachant plus où aller.

N'y a-t-il à présent personne pour me renseigner ? Que faire ? Où aller ? pense-t-elle affolée. Égarée, découragée, ses yeux s'embrument.

– Mademoiselle !

Une personne qu'elle ne connaît pas la sollicite ainsi :

– Que fait donc une si jeune fille sur ce port toute seule ? Ce n'est pas un endroit pour vous !

Après quelques instants d'hésitation, elle ose lever les yeux vers l'inconnue qui s'adresse à elle puis la dévisage.

Je me présente :

– Christie Baxter, Chris pour les intimes, journaliste, écrivain, photographe que sais-je encore ! Je viens à Tabou pour réaliser un reportage sur les anciennes colonies.

Devant Joséphine toujours aussi démunie se tient une belle femme de taille moyenne, vêtue d'un pantalon kaki et d'un chemisier blanc immaculé, à manches courtes, sur sa tête un élégant chapeau de soleil. Elle porte en bandoulière un sac de toile qui semble plein à craquer, dans chaque main deux paniers d'osier. Son visage souriant s'illumine, tandis qu'elle parle gaiement, d'un air décidé, un rien taquin et effronté.

Joséphine, à son tour, s'exprime intimidée :

– J'étais, moi aussi, sur ce bateau et je dois maintenant me présenter au domaine de la Malaguette chez Monsieur le Gouverneur, Alexander Feissole pour un poste d'accompagnatrice, je ne sais de quelle manière m'y rendre !

– Les goujats ! Ils ne sont même pas venus vous chercher, dit-elle, marmonnant. Cela tombe bien, car figurez-vous, je vais au même endroit. Je suis invitée chez ce personnage qui fait parler de lui. En fait, je me suis invitée ! Venez, suivez-moi !

L'élégante personne se met à marcher précipitamment en direction de la chaussée unique. Joséphine la suit presque en courant, car elle ne veut surtout pas la perdre de vue, au milieu de ce tumulte et apaisée, son sourire revient peu à peu.

– Monsieur ! crie la journaliste.

Christie fait de grands gestes, tout en s'adressant à un homme assis au volant de son automobile – il semble dormir.

Joséphine ne sait plus comment les choses se passent, elle jette ses bagages, son sac sur le siège, saute sur le marchepied. Elles se retrouvent assises sur la banquette arrière de la voiture qui « pétarade, tousse » démarrant dans un nuage de fumée.

Étonnées et émerveillées, elles découvrent les premiers paysages africains, dans ce théâtre de soleil qu'offre l'aube, girandole de lumière, éblouissant l'unique route, tels des rêves de nouvelles destinées.

3

La route rouge, au loin…

Depuis que Joséphine est arrivée par cette curieuse balancelle l'élevant sur le débarcadère, laissant derrière elle les rouleaux se briser en éclats d'écume contre l'armature du pont, elle n'imaginait pas toute la magie, toute la puissance de la route.

La route, ici, est étrange étant donné qu'on ne peut la percevoir ni deviner à l'avance ce qu'elle sera dans la profondeur des grandes terres. Cette route au loin, rose et rougie par la latérite poussiéreuse est enserrée d'une végétation sauvage qui semble impénétrable, inondée, çà et là, d'arômes éphémères.

— Quelle bonne odeur de citronnelle ! s'exclame la journaliste rayonnante et continuant sur sa lancée, elle poursuit :

— Cette route, cette route qui n'en finit pas ! C'est par cette entrave dans la colonie que le savoir est entré : c'est ainsi que le progrès, l'hygiène, le travail, le matériel, et la paix sont parvenus en ces lieux. Plus elle s'enfonce dans la jungle, plus nous découvrirons le miracle humain. Je possède un manuscrit étrange et ancien – ajoute-t-elle – c'est une carte de ce pays. On distingue des parties vertes et blanches où surgissent les forêts et les savanes. On peut aussi y découvrir de grands cours d'eau, l'unique voie ferrée et ces lignes rouges que sont les pistes. Elles se prolongent, se croisent, se coupent et s'enchevêtrent dans un dédale semblable aux chemins de notre vie.

Christie commente et, tout en observant le paysage, elle dévisage intensément Joséphine. La jeune fille embarrassée trouve que sa voisine s'exprime admirablement et n'ose s'engager dans la conversation, se contentant simplement de l'écouter en acquiesçant de la tête.

Dans la voiture qui file, cahote, toussote les voyageuses sont bringuebalées à une vitesse inhabituelle, malgré cela, la chroniqueuse très éloquente, poursuit inlassablement ses explications, retenant d'une main son chapeau et criant pour couvrir le bruit du moteur.

– Joséphine, qu'est-ce qui vous amène ici dans cette colonie ? s'enquiert-elle auprès de la jeune fille. Vous êtes jeune, charmante, si frêle et réservée, je ressens en vous une enfant intelligente.

Joséphine rougit, bafouille et remercie chaleureusement Christie de son aide et de ses compliments. Elle voudrait tant pouvoir tout lui raconter, mais les mots meurent sur ses lèvres, elle ne peut que la regarder droit dans les yeux. Son cœur se serre, les larmes perlent et elle détourne le visage vers la vitre de la portière afin de capter quelque chose d'invisible dans l'horizon d'azur.

– Nous sommes presque arrivées ! annonce la journaliste d'une voix enjouée.

L'âme du manguier

Après avoir dépassé les lagons et les collines, l'automobile franchit un large pont, les jeunes femmes découvrent la ville de Tabou, immaculée, les accueillant avec toute sa juvénile élégance : au cœur d'une végétation luxuriante se dévoilent de gracieuses villas, des rues spacieuses, des jardins et des esplanades, des terrasses aux exquises pergolas.

Des fleurs resplendissent partout. Au détour du chemin s'impose une immense maison aux colonnes blanches, accaparant tout l'espace. Sur le perron, une femme noire d'un certain âge les accueille. Un serviteur se précipite, porte les bagages. On la conduit à travers un couloir qui n'en finit pas, aux carrelages noirs et blancs, pour rejoindre sa chambre à l'autre bout de la demeure. Le repas sera servi sous la véranda vers 19h.

À présent, Joséphine se repose. Elle est allongée sur un lit, entièrement recouvert par une moustiquaire. Ses yeux sont fermés, elle ne dort pas. La chambre est blanche, petite, mais coquette ; elle a aimé caresser de ses mains le bois verni de la chaise à bascule en rotin et le coffre en bois d'ébène largement assez vaste pour contenir le peu d'affaires qu'elle possède. Seul, un éclatant bouquet d'hibiscus illumine la petite pièce et diffuse son odeur délicate.

La jeune fille se remémore calmement tous les événements qui se sont succédé depuis son arrivée : Monsieur le gouverneur, bel homme, grand, vêtu d'un costume blanc au regard perçant et autoritaire, l'a dévisagée des pieds à la tête, sans un sourire se contentant de lui expliquer sévèrement la tâche qui l'attendait auprès de son épouse malade. Enfin, les explications plus chaleureuses de Mara la cuisinière l'ont rassurée.

Elle remplacera l'autre bonne, une petite indigène, paresseuse qui se sauvait dès qu'elle pouvait pour aller travailler dans la plantation, ce qu'elle préférait.

Joséphine sera chargée d'accompagner l'épouse du gouverneur, lui faire la conversation ainsi que la lecture. La cuisinière n'a pas voulu en dire plus et il paraît qu'il vaut mieux éviter le sujet.

« Monsieur le Gouverneur se met en colère, a-t-elle ajouté et Madame se met à pleurer. Les blancs sont très compliqués. Si tu ne veux pas de problème, ne cherche pas à comprendre et fais ce qu'on te dit ! »

Ensuite, la cuisinière est retournée briquer ses casseroles bruyamment.

Joséphine est assise sur le lit. Elle a enfilé sa chemise de nuit. Ici, il fait très chaud et humide, la fenêtre est entrouverte. La jeune fille se lève, prend garde à ne pas faire de bruit. De la fenêtre au lit, du lit à la chaise, elle arpente.

La peur revient se mêlant à l'odeur du jardin. C'est sa façon d'être aujourd'hui, comme toujours. Elle revoit la petite ville qu'elle a laissée là-bas en France. Toutes les questions qu'elle n'a jamais osé poser sur son enfance remontent en une vague trop douloureuse. Elle entend les bruits qui lui parviennent des étages de la grande maison. Elle a seize ans, y arrivera-t-elle ? Elle redevient toute petite, voudrait faire disparaître son corps tout entier. Joséphine a passé son enfance à avoir peur, c'est cette peur qui revient tout à coup. Elle rêve à des bras emplis de tendresse qui la protégeraient, rien qu'une fois, oui, une seule fois se sentir en sécurité quelque part, ne plus errer dans ce corps frigorifié et trop étroit.

Fuir, ne plus être ici, fuir. Maintenant, il est trop tard, elle est arrivée là et il faut bien rester.

Joséphine ferme les yeux. Elle attend son sommeil : « Nous nous reverrons Joséphine, lui murmure une voix intérieure. »

Elle a cru entendre, au milieu de ce tumulte, la voix réconfortante de Christie, qui l'a ébahie par son bel aplomb, la journaliste est repartie dans la petite ville avec un chauffeur qui l'attendait.

Joséphine a été impressionnée par son charme naturel et sa façon d'envoyer promener le gouverneur pour obtenir tout ce dont elle voulait. Christie sera-t-elle une amie, pourra-t-elle compter sur quelqu'un dans ce nouvel univers ?

Le cœur de Joséphine s'emballe soudain, il bat dans ses tempes, dans sa tête ; tout son corps se tend douloureusement. Si seulement on pouvait oublier, juste une seule fois, oublier. Elle se recroqueville sur des bras imaginaires qui la bercent tendrement. Elle donnerait tout pour ne plus être qu'un petit agneau blotti contre la chaleur d'une mère ou alors il faudrait fermer les yeux à jamais pour que tout cesse.

L'âme du manguier

Joséphine a mal, très mal c'est un cataclysme intime qui ne s'arrête jamais. Qui peut guérir du désespoir et d'une grande tristesse, cet être cherchant à jamais une image parmi les ombres de la nuit, dans le brouillard des rêves ?

Alors, elle cale sa respiration sur cette image imaginaire, leurs poitrines se soulèvent d'un même souffle. C'est tout ce qu'elle veut.

Ses rêves semblables à ces jonchées d'hibiscus pourpres peuvent vagabonder sans contrainte dans la tiédeur du soir, se blottir dans la beauté, imaginer l'infini d'une nouvelle vie qui s'offre à elle.

À l'aube, Mara frappe à la porte.

4

La rouille de la véranda

Joséphine travaille depuis quelques jours au domaine de la Malaguette. Elle entre dans une chambre spacieuse et gaie. Elle dépose sur le guéridon, un plateau garni d'une légère collation, accompagné d'une tasse de thé odorante.

Madame Alexander, comme dit Mara est assise sur la balancelle en rotin. Elle ne fait rien d'autre que de faire avancer en avant et en arrière le fauteuil avec l'un de ses pieds. Sur son visage résigné, une infinie tristesse est comme gravée à jamais. Elle reste assise pendant des heures, en proie à une mélancolie désespérée, en silence, sans réagir à tout ce qu'on lui suggère. À l'heure du repas, elle ne porte absolument aucune attention à l'assiette de nourriture posée devant elle et si quelqu'un essaie de la forcer, elle devient enragée. Joséphine s'assoit à côté d'elle, lui met une fourchette dans la main et de temps en temps lui demande très calmement de manger. Toutes les cinq minutes environ, elle avale une bouchée, comme un automate.

– Jessica Feissole, raconte Mara en se souvenant, était une très belle femme de cette beauté qui vous touche au premier regard parce que naturelle. Il se dégageait de toute sa personne une allure enjouée, joyeuse, drôle et son rire communicatif emplissait de bonheur toute la maison. Ah, Madame ! C'était quelqu'un, répétait la cuisinière. Il y avait ici auparavant des fêtes et des dîners. Madame s'occupait de tout, faisait les courses elle-même et puis elle passait beaucoup de temps à la mission. Elle s'y rendait des après-midi entiers pour s'occuper des enfants.

– Pourquoi est-elle comme ça, maintenant ? s'inquiète Joséphine.

– C'est à cause de sa maladie soupire Mara

– Ce n'est plus la même personne. Mon Dieu, il faut s'y faire ! renchérit la cuisinière.

Jessy Feissole s'assoupit parfois et sous les traits crispés de son visage apparaît un autre portrait d'elle. Ses pommettes deviennent plus pleines et rosissent légèrement. Ses paupières, ourlées de très longs cils, semblent sourire et ses cheveux encore blonds auréolent son visage d'une infinie douceur.

Pendant qu'elle dort, Joséphine range la pièce où elle vit, refait le lit, plie les vêtements et comme elle ne dérange rien, c'est un travail finalement assez rapide.

La chambre blanche, pareillement au reste de la maison, est claire et gaie, composée de meubles légers en rotin où trône un lit voilé d'une grande moustiquaire. Sur le plancher, des nattes de raphia bariolées égayent la pièce et un petit cabinet de toilette, occupé aux deux tiers par un vaste tub rouge attire le regard, tant il est amusant et original. Plusieurs masques africains ornent les murs, ainsi que des tableaux d'enfants noirs et d'autres, qui ressemblent à des portraits de famille. Une bibliothèque monumentale impressionne, par la multitude d'ouvrages très anciens qu'elle contient.

La jeune fille décide d'explorer ce trésor et flâne parmi les livres. Elle pourrait en emprunter quelques-uns, se blottir avec eux le soir dans son lit. Elle rêve de cette merveilleuse perspective, quand de gros sanglots la font sursauter.

Jessica est en proie à des crises de larmes. Elle pleure sans s'arrêter. C'est insupportable et poignant de la voir produire toutes ces larmes, elle en verse tant que son visage en devient tout gercé. Joséphine a l'impression qu'un effort colossal est nécessaire pour lui faire faire les choses les plus simples. La dame perdue éclate en larmes parce qu'elle ne trouve plus le savon de la douche. Elle pleure parce qu'elle ne peut pas saisir la serviette. Elle est accablée par l'incontournable réalité de devoir enfiler son jupon, son corsage et ses espadrilles.

Chaque matinée est un rythme bien défini. Joséphine, précise et appliquée, arrive vers huit heures. Elle l'aide à faire sa toilette, ce qui prend un temps inimaginable, chaque geste demandant un gros effort. Une fois que Jessy est habillée, elle l'installe sur son fauteuil à bascule. La malade entreprend alors son incessant balancement qui semble la distraire.

À l'heure du repas, Mara apporte un copieux déjeuner. Cette femme dévouée prépare tous les mets favoris de Jessy et elle assiste Joséphine, car elles ne sont pas trop de deux. Ensuite, les deux femmes la recouchent. Joséphine attend que Jessy s'endorme ; elle ne tarde pas trop, car elle prend des comprimés matin et soir, imposés par le médecin de la mission. Il semble que ça l'aide.

Aujourd'hui, pendant que Jessy est dans son lit, épuisée par ces crises de désespoir, Joséphine s'approche de la fenêtre. La pluie tropicale se met à tomber d'un seul coup, drue, impénétrable. L'averse redouble, résonne en un bruit particulier de tintement sur le toit de la véranda.

Quelle folie d'être venue ici !

Joséphine voulait être libre, mais la liberté ça s'apprend où ?

Il pleut toujours.

Joséphine lève les yeux, voit une petite tache de rouille imperceptible, pourtant, si l'on regarde de plus près, cette tache semble déjà importante. Il faut du temps, pour qu'une charpente métallique, rongée s'écroule. La rouille ne cesse de s'étendre, de l'amenuiser, de l'éviscérer. Beaucoup de saisons s'écoulent entre la première goutte de pluie et le moment où la corrosion a rongé la poutre jusqu'au cœur. Parfois, la rouille se situe à des points clés qui laissent croire que l'effondrement est total, mais plus souvent, il n'est que partiel : une partie s'écroule, en entraîne une autre, déplace les restes branlants de façon spectaculaire.

Il n'est pas facile d'être exposé quotidiennement au ravage d'une pluie, de se rendre compte que l'on s'affaiblit et qu'une part de soi-même va se disperser au premier coup de vent violent. Jessy a probablement accumulé plus de rouille émotionnelle que d'autres. Quelque chose est peut-être en train de mourir en elle. C'est ce que pense la jeune fille.

Dans la cour, une immense liane entortille les branches d'un arbre. Difficile de voir où commence l'arbre et où cesse la liane. Elle s'enroule intimement autour de lui. Joséphine est déjà passée plusieurs fois sous ce manguier. Hélas, il ne donne plus de fruit, seules quelques petites pousses, pointent désespérément, s'accrochant aveugles de part et d'autre.

La pluie s'arrête aussi soudainement qu'elle a commencé.

Jessy dort calmement à présent, bien installée sur ses oreillers, protégée par l'inévitable moustiquaire. La jeune garde-malade attentive, entame une fois de plus le tour de la chambre et cette fois, elle peut sortir rassurée.

– Mara passera pour le goûter, prendra son tour de garde pour le reste de l'après-midi se dit-elle.

Une bonne odeur de terre mouillée s'élève aussitôt dans les airs. Les oiseaux se remettent à chanter et le soleil d'un seul coup balaye toutes ces couleurs ternes, grises et humides. Elle ouvre la porte-fenêtre qui donne sur la véranda.

Pour être libre il faut découvrir, elle, ne sait rien.

5

L'âme du manguier

Au domaine de La Malaguette, le jardin est une perpétuelle source d'enchantement. D'abord, par son abondance, ensuite par l'extraordinaire variété de fleurs et d'arbres inconnus qu'il contient. Jusqu'alors, Joséphine n'avait jamais vu de bananiers, d'eucalyptus, de bambous aux troncs deux fois gros comme son bras. Des géraniums s'étalent, aussi grands que des arbres recouverts par d'immenses fougères. Les bougainvillées multicolores s'enroulent autour des piliers de la véranda, partent à l'assaut des palmiers et retombent en cascades violettes. Pourpre ou crème, les bignonias aux fleurs en forme de trompette, les roses de porcelaine et les haies d'hibiscus n'en finissent pas. Les oiseaux, aras bleus ou rouges, bengalis, colibris aux reflets métalliques, perruches bavardes forment parmi les feuillages un vivant arc-en-ciel de couleurs, sans cesse défait, sans cesse renaissant.

La jeune fille s'approche du manguier, arbre ancestral, mais rabougri. Tout près, Amadou le vieux jardinier bêche les allées. Elle lui demande :

– Comment le faire repartir ? Il semblait si majestueux.

Amadou laisse tomber son outil, vient s'accroupir sous l'arbre, très fier de pouvoir parler et donner ses conseils.

— Mademoiselle Joséphine, il a un parasite, il est étouffé par les grosses feuilles qui appartiennent à la liane. Son esprit emmuré ne peut plus se développer, et ne sachant plus dans quelle direction le soleil se lève et se couche, il perd cette précieuse lumière qui le nourrit. Il ne peut plus contrôler son corps, puisque le tronc est pourri. Cette créature qui s'en nourrit est désormais plus forte que lui.

Joséphine sent que le pauvre arbre souffre. Elle perçoit que cette chose le vide de toute son énergie. Il ne peut même pas se plaindre. Elle a souvent cru que lorsqu'on est au plus mal, les larmes coulent à flots, la pire des douleurs est celle aride, totale, quand toutes les larmes sont épuisées, quand le tourment occulte tous les espaces par lesquels vous mesuriez le monde ou par lesquels ce monde vous mesurait.

— On ne peut plus rien pour lui ? Va-t-il mourir ?

La mort, c'est la pourriture, les branches brisées finissent par lui ôter toutes émotions, il finit par être absent de lui-même. Il faudrait le débarrasser de la plante parasite, le traiter : de cette façon le poids de l'arbre va s'alléger, ses branches reprendront leurs formes naturelles.

— Il a des petites pousses, tout au sommet observe la jeune fille.

Amadou continue d'expliquer :

— Elles pourront à nouveau revivre, en retrouvant une nourriture essentielle, mais tout ce qui est perdu, est perdu Mademoiselle. Je peux éliminer la liane cependant aucun traitement ne pourra accomplir sa reconstruction. Il faut beaucoup de temps, du travail et de l'amour.

— Donc, il peut repartir quand même et tout différent qu'il sera, il vivra !

— Oui, Mademoiselle Joséphine.

— Amadou tu es formidable ! Il faut tout faire pour le sauver.

Le vieil homme hoche la tête.

— Madame Jessy aimait beaucoup le manguier, elle venait chaque jour s'asseoir ici pour lire après le déjeuner.

Le jardinier va chercher une machette dans son atelier. Joséphine aide à transporter l'échelle. Malgré son grand âge, il grimpe dans l'arbre leste et agile. Il ne faut pas perdre un seul instant. Ces gestes et l'image que donne le vieil homme, assidu à la tâche, persévérant pour libérer l'esprit prisonnier du bel arbre redonnent confiance à la jeune fille. La liane rebelle résiste. Elle est peu à peu débitée tronçon par tronçon, ses feuilles ennuyeuses et chagrines arrachées. À chaque coup de machette, le tronc et les branches craquent et grincent comme des signes de victoire.

Le spectacle est grandiose. Amadou, formidable équilibriste, se déplace de branche en branche à la vitesse de l'éclair. Étourdie par tant de mouvements,

Joséphine s'installe un peu plus loin dans l'herbe. Elle peut tout voir d'ici, y compris la façade de la maison.

Mara se tient devant la véranda, les mains appuyées sur sa jupe ample et bariolée. Les heures passent, l'une après l'autre, sous un ciel de plus en plus pur, tandis que les nuages s'enfuient au-delà de la jungle. L'arbre, peu à peu, reprend vie, il faut juste l'aider. Les persiennes ne sont pas complètement fermées – derrière l'une d'elles, juste au-dessus de la véranda – une ombre furtive observe, elle aussi, la scène.

Puis elle disparaît.

Joséphine s'allonge cette fois, matraquée par la chaleur, étonnée par ce grand silence. Les oiseaux d'un seul coup se taisent, succombant à cette canicule.

Des images sous ses paupières se fraient un chemin. Sa tête est lourde, elle ferme les yeux.

La machette chante.

6

De l'autre côté du domaine

Mara travaille dans la cuisine. Elle offre à Joséphine une part du dessert qu'elle vient de confectionner.
– C'est bon, ma petite fille ?
– C'est délicieux, Mara.

Joséphine déguste une onctueuse crème au café. Elle inspire. Décidée, elle dit :
– Mara, cet après-midi, je vais jusqu'à la mission et j'ai envie de découvrir un peu la ville.
– La mission n'est pas loin d'ici, explique la cuisinière, fais attention ! C'est un magnifique pays, mais un pays dangereux. On y trouve facilement des serpents, des tarentules, des scorpions avec lesquels il n'est pas bon de lier connaissance. Promets-moi d'être prudente, car je ne voudrais pas qu'il t'arrive quoi que ce soit.

Joséphine quitte le domaine en empruntant l'unique chemin, bordé de bungalows, de cases jusqu'au village indigène en direction de la lagune. Là, sur le seuil de chaque maison de torchis, des enfants jouent parmi les cochons sauvages et les troupeaux de dindons. Leurs mères s'interpellent d'une porte à l'autre, elles s'interrompent pour saluer d'un large sourire. Tandis qu'elle suit cette route au hasard, deux jeunes filles noires, ennuagées de mousseline blanche, se penchent curieuses hors d'une clôture.

Elle leur demande le chemin. Les jeunes filles noires de Tabou connaissent la langue française. Des écoles sont là, tout près. Joséphine traverse le village. Les rues sont animées. C'est l'heure où les ménagères font leurs emplettes. Des étals offrent de la viande, du poisson, du riz, mil, arachides, fruits, épices, savons, liquides variés.

Les femmes vont flegmatiques et jacassantes, leur pagne drapé aux hanches, une épaule débordant du boubou volanté, une large cuvette d'émail portée sur la tête. Au-dessus, une farandole de victuailles vacille dangereusement.

Au cœur de la cohue s'agite une jeune maman chargée de son poupon. Calé et retenu solidement par un pagne bien serré, le bébé prend d'abord contact avec le bruit et l'agitation. D'un beau regard attentif, puis, sage comme un vieux philosophe, il blottit sa tête, boule de laine, dans le creux douillet qu'est le dos maternel et s'endort.

Ici, ce n'est que pépiements, piailleries, allégresse, légèreté, élégance. Joséphine n'a pas assez de ses yeux ni de ses oreilles pour tout voir et tout entendre.

Enfin apparaît la mission de Binger avec ses maisons éparpillées, son dispensaire, l'église rose et la grande maison imposante aux balcons sculptés.

Joséphine a bien fait de venir aujourd'hui, car c'est la première foire-exposition de la mission. Ses pas l'ont portée jusqu'ici sans qu'elle sache comment. Il lui a suffi de suivre la foule. Sur l'esplanade, colons et commerçants exposent le fruit de leur travail : fruits prodigieux, tissus, parfums, anneaux de bras ou de cheville, poterie, poids anciens dont on se servait pour le troc de l'or, poids figurés d'animaux, de fleurs et de fruits ciselés de cuivre. Il y a même des artistes peintres et des sculpteurs. Elle se fraie un passage, tant bien que mal, et s'arrête devant le stand des bijoux, admirative, essayant çà et là quelques bracelets.

– Combien tu vends celui-ci ? crie une jeune femme

– Deux francs, dit le vendeur.

– Un franc, négocie la dame.

– D'accord, prends-le pour 1 franc.

– Tiens, il est pour toi ! dit la voix.

– Pour moi !

– Christie !

– Joséphine !

– Appelle-moi Chris.

Ensemble, elles parcourent les stands, heureuses de se retrouver si soudainement et papotent comme deux vieilles amies.

– Je suis venue faire un reportage sur l'orphelinat de Binger, mais ce n'est pas officiel, nous devons parler avec le cœur, aux religieuses. Quel bonheur de t'avoir rencontrée ! Tu vas pouvoir entrevoir avec moi ce que peut-être aussi l'Afrique. Nous allons découvrir ensemble le vrai visage de la mission.

Joséphine lève son visage étonné vers la journaliste qui poursuit :

— La mission de Binger est peuplée en grande partie de jeunes filles métisses et depuis de nombreuses années, la mère supérieure des religieuses s'y dévoue.

Joséphine passe le bracelet offert par Christie, la suit. Elle marche à grandes enjambées tout en expliquant qu'elle est déjà venue dans ce pays il y a quelques années et que cet orphelinat existait déjà.

Sœur Zoéline les accueille chaleureusement, les guidant à travers la grande maison.

Les petites filles jouent dans la cour.

Elles portent toutes des robes bleu pâle, au col blanc. Certaines font des rondes, d'autres courent, tandis que d'autres groupes discutent tranquillement. Elles semblent être comme toutes les petites filles du monde.

— Ces enfants ont été abandonnées explique la religieuse, presque toutes en très bas âge, par leur mère elle-même, car la tradition africaine n'aime pas trop les métisses et de plus ces femmes n'ayant bien souvent pas d'argent, elles ne peuvent élever leurs enfants. Ici, ces fillettes sont en sécurité, elles vont à l'école apprennent à lire et à écrire, auront un métier plus tard.

— Et les pères ?

— Ils repartent en métropole, ceux qui ont peur du scandale disparaissent bien vite. Ils ont à chaque fois une famille, ces enfants sont indésirables, dit la mère supérieure en hochant la tête !

— Nous leur apprenons également le ménage, la couture.

La mère supérieure présente les fins travaux de ses petites élèves : services de table, de thé, napperons, lingeries fines.

Christie demande encore :

— Comment gagnent-elles leur vie après vous avoir quittées, ces petites grandissent vite ?

La religieuse soupire :

— On réussit parfois à les marier, celles qui réussissent un examen deviennent infirmières, sages-femmes ou institutrices.

— Toutes n'ont pas la vocation d'être infirmières ?

Nouveau soupir.

— Hélas, non !

Le visage de Christie s'assombrit d'un seul coup. Devant elle, une petite fille ravissante à la peau presque blanche, aux traits délicats, lève un regard quémandeur. Christie fixe longuement cette enfant.

Mais que faire dans un cas semblable ? Cette fillette abandonnée sur la terre africaine et vouée à y rester. Peut-être, le père lointain adresse-t-il quelques subsides à sa fille presque inconnue.

On transmet.

Mais jamais on ne transmet un mot, une pensée de tendresse.

Certains enfants savent qui est leur père. Les cas les plus difficiles existent lorsque les pères sont des personnages connus, ils disparaissent souvent bien vite. Certains regrettent et envoient régulièrement de l'argent, personne ne revient les chercher.

— Et les mères ? poursuit dans un souffle Christie.

— Elles viennent visiter leurs enfants. Quelquefois, il est arrivé que des grands-parents les acceptent au sein de la tribu. Le plus souvent, les mamans trop jeunes, traumatisées par le poids des traditions, bannies de leur village et analphabètes sont incapables de s'en occuper et les déposent à la mission. Ici, elles sont choyées.

Christie ouvre son sac, elle s'empare d'une poignée de bracelets qu'elle a marchandés à la foire. Elle s'agenouille et en offre un à la petite fille qui d'un seul coup s'émerveille de son trésor, sourit et saute de joie. Christie l'enlace et l'embrasse. Puis c'est une ribambelle de petites filles qui entourent Christie et qui crient :

— Et moi, et moi !

Chacune reçoit son bracelet, le compare avec celle de son amie. Elles sautillent, cris de joie devant ce cadeau inattendu, tombé du ciel.

Christie les yeux mouillés, apitoyée, en aurait presque pleuré de détresse.

— Ce sont des enfants adorables et attachantes

poursuit sœur Zoéline, elles se contentent d'un rien ; croyez que j'entendrai parler longtemps de votre visite.

— Que puis-je faire ma sœur ?

— Vous êtes journaliste, nous avons besoin d'aide, de mécènes. Alertez la métropole, peut-être aurons-nous le retour de généreux donataires ! Quant aux fautes de ces messieurs qu'y pouvons-nous ? L'orphelinat est plein depuis toujours et les couleurs varient ici du moka très noir, café au lait et café crème. C'est douloureux à contempler chuchota la sœur, c'est le piteux résultat et ce vilain côté de l'emprise blanche.

— J'ai cru comprendre que vous vous occupez de Madame Feissole, dit sœur Zoéline en se retournant vers Joséphine. Comment va-t-elle ?

Joséphine n'a rien dit durant toute la visite. Elle ne pouvait pas parler.

— Son état ne s'améliore pas ma sœur, il est stationnaire, murmure-t-elle enfin.

— Elle venait très souvent ici nous aider, poursuit l'aimable femme. Elle s'occupait des enfants, n'ayant jamais pu en avoir elle-même, passant des après-midi entiers, à nous donner un coup de main, faire la classe ou donner des cours de broderie et de cuisine. Elle nous manque à tous. Les petites l'aimaient beaucoup.

— Pauvre Madame dit la religieuse tristement, je tâcherai de lui rendre visite. Si vous voulez venir nous aider de temps en temps, vous serez toujours bien accueillie et de plus, nous avons une magnifique bibliothèque si vous aimez les livres, bien entendu !

Joséphine la remercie chaleureusement et elles quittent la religieuse ne sachant que dire de plus, une immense peine au cœur, touchées cependant du plaisir qu'elles ont suscité auprès des fillettes.

Les deux jeunes femmes se taisent, mais ce n'est pas le même silence.

Les mots résonnent dans la tête de Joséphine. Elle entend le mot mère et puis le mot père. Elle entend les cris aigus des petites filles.

Elle voudrait hurler, elle ne peut pas. Joséphine souffre.

La douleur arrive comme d'habitude. Il lui faut pourtant résister. Elle veut vivre, elle ne veut pas souffrir ainsi.

Elle tourne la tête et elle la regarde.

Christie sourit. Joséphine happe ce sourire tout entier au passage, elle s'y réfugie d'un seul coup. Entièrement.

7

Les battements d'ailes du papillon de nuit

La nuit tombe vite, ici. Joséphine en éprouve à chaque fois un vif saisissement. Après le dîner pris en compagnie de Mara et d'Amadou, elle se retire dans sa petite chambre. Il fait si chaud qu'elle ne garde qu'une légère chemise de coton, sa chemise de nuit étant trop chaude pour ce pays, il faudrait qu'elle se procure de nouveaux vêtements, les siens sont peu adaptés à ce climat chaud et humide. La nuit est belle, comme chaque soir. Elle décide de sortir dans le jardin une dernière fois encore, avant de s'endormir. Joséphine erre dans le beau parc, parfumé de toutes les senteurs. Les innombrables palmiers d'Afrique y côtoient les dattiers répandant des coulées d'or bruni entre leurs palmes et les ylangs-ylangs laissent croire que des encensoirs sont disposés un peu partout.

Elle écoute la nuit, brassée par des battements d'ailes. Les crécelles des crapauds semblent obéir à un chef d'orchestre. Le concert s'arrête brusquement, reprend avec timidité, opère un crescendo dominateur jusqu'à emplir l'espace puis un decrescendo qui se termine par une note de flûte assez inattendue. Et ça recommence.

L'extrémité de la véranda et paraissant lointaine, une lueur discrète remplace l'électricité : la lampe de travail du gouverneur. Tout dort, il veille.

Pourtant, une autre lumière timide attire le regard curieux de la jeune fille. Elle avance prudemment et distingue enfin une petite cabane, dissimulée par des branches d'arbre et qu'elle n'a pas encore découverte, au fond du jardin. Elle fait quelques pas, retenant sa respiration, elle s'approche et regarde l'unique fenêtre au carreau cassé.

Une femme qui semble encore très jeune est allongée sur une banquette recouverte d'une natte, de quelques coussins. Sa silhouette estompée semble modifiée, comme camouflée, mais ce n'est que l'ombre de la lampe-tempête qui se balance légèrement poussée par le vent.

La petite chaîne qui la retient émet un cliquetis régulier. C'est la nudité des belles lignes simples, la nudité candidement sensuelle, noblement élégante qui exprime en extase lente, en trépidations, en tressaillements houleux, la passion, la douleur, la joie, l'offrande, la volupté, la lutte, la vie, la mort.

Un homme de dos, torse nu est debout près d'elle, la contemple. Près de lui, un chevalet porte une peinture inachevée où les larges traits laissent deviner toute la puissance de l'œuvre.

Il tient dans sa main, le pinceau qui a servi à cette représentation.

Il s'agenouille près de la femme, passe une brosse le

long de son corps, effleurant à peine chaque partie offerte.

L'ombre bouge sur le corps, renvoyant ses reflets, la couleur de la jeune femme devient soudainement magique, passant du beau bronze rouge à l'ébène, se déclinant par toutes les nuances de brun. Un souffle à peine perceptible répond à l'ombre, le corps nu frissonne légèrement. Un papillon de nuit fragile se pose sur la lueur et se fait prendre dans la lampe-tempête. Il agite désespérément ses ailes et les mouvements, immenses fantômes éperdus, se projettent sur le mur de la cabane, sur les formes de la jeune femme. L'homme dépose alors le pinceau et malgré les battements de cœur du pauvre papillon immobile et épuisé, son corps puissant s'empare de cette nudité offerte. Une immense ombre recouvre toute la cabane. Le papillon a un dernier soubresaut et son corps inerte disparaît dans une légère clarté bleue. L'homme ne retient plus son désir, les silhouettes s'entremêlent en une danse inépuisable.

Au même moment, des cris horribles, des glapissements démoniaques éclatent. Joséphine sent ses cheveux se dresser sur la tête et elle pousse un cri d'effroi. L'homme se retourne et croise son regard affolé par la petite lucarne.

Alors, elle prend ses jambes à son cou et rebroussant chemin dans le jardin, elle ne sait plus où se diriger. D'un seul coup, elle se heurte à quelque chose et deux mains puissantes se posent sur ses épaules. Elle croit s'évanouir de frayeur et doit retrouver sa respiration avant de pouvoir enfin reconnaître la voix du vieil Amadou qui dit :

— Mademoiselle Joséphine, que faites-vous dans le jardin, il fait nuit noire !

— On tue quelqu'un Amadou ! répète-t-elle en bégayant plusieurs fois.

— Où ça ?

— Tu n'entends donc pas ?

La clameur démoniaque continue et semble déchirer la nuit.

— C'est vrai, dit Amadou d'un ton ennuyé, on aurait dû vous prévenir Mademoiselle Joséphine. Ce sont des singes hurleurs. Ils crient toutes les nuits à partir de la mi-décembre. Il ne faut pas avoir peur, ils sont dans la jungle.

Amadou hésite une seconde, puis affectueusement, il prend l'épaule de Joséphine et la raccompagne jusque vers sa chambre. Il attend tranquillement que la jeune fille se réfugie dans son lit puis il ferme soigneusement la moustiquaire et sort sur la pointe des pieds, tandis que les affreux cris des singes hurleurs emplissent la jungle.

— Tu es gentil, Amadou.

— Dormez bien, Mademoiselle.

8

Tcha ! Tcha ! Tcha !

Heureuse, le regard ébloui, Joséphine s'est glissée sur le siège à côté de Christie. Par ce bel après-midi, l'air est ivre d'humidité, de chaleur et de soleil. La brume matinale s'estompe seulement et la lumière blanche, effleure, picote puis s'accroche à la peau comme une poussière de piment. Joséphine se laisse caresser par la bise tiède qui passe par les fenêtres, faisant voltiger sa jupe sur ses cuisses. D'habitude, elle travaille, mais aujourd'hui elle est assise dans cette voiture qui roule le plus loin possible pour recueillir le vent, le soleil. Elle sent la vie à travers son ventre, sa poitrine, ses mains. Entre les arbres, elle devine la ville blanche enveloppée d'une vapeur qui monte de la mer. Joséphine voudrait que le temps s'arrête et que chaque jour soit la même journée, une belle journée de l'existence où l'on apprend tout ce que l'on peut espérer de la vie, la liberté et l'amour.

– Tiens, je t'ai apporté des vêtements plus pratiques lui offre Christie souriante en tendant un paquet ficelé.

Joséphine le prend et arrache les papiers fébrilement : elle découvre avec joie un pantalon de golf, une chemisette à manches longues, des chaussures de randonnée accompagnées de chaussettes blanches et un bob recouvert d'un bout de tulle blanc.

La voiture roule assez vite. Un écran végétal surplombe la route, des troncs superbes s'imposent au milieu de la masse des arbustes et des branches emmêlées et ficelées de liane.

Des parfums de fleurs inconnues s'engouffrent par les vitres grandes ouvertes et survolant la route un aigle majestueux se laisse porter par le vent. Brusquement, une nuée de papillons happée par la course se réfugie sur le capot : les plus effrénés sont assommés et plaqués contre la carrosserie.

Chris ralentit, se gare doucement, elle essaye de libérer les téméraires vaincus sur le pare-brise.

– Tu devrais en profiter pour te changer Joséphine, propose Christie.

Joséphine enlève timidement son éternelle jupe et sa chemise blanche. Elle passe le pantalon, la chemisette. Ils sont plus confortables que ses anciens habits, pourtant elle a du mal avec les chaussettes et les grosses chaussures.

Curieusement tout est à sa taille. Elle baisse la tête et regarde ses jambes, étonnée, car elle n'a pas l'habitude de ces pantalons resserrés aux genoux.

Chris s'approche en riant, avec une immense douceur, elle lui remonte les cheveux et enfile le bob pardessus qui retient la masse bouclée.

– Parfait dit-elle, ainsi tu peux me suivre dans la

brousse, c'est impossible en jupe et mocassins.

– Que tu es jolie ! dit-elle tout en s'approchant d'un massif touffu et odorant.

Un lys blanc disposé là comme par enchantement s'offre à elle. Chris casse la tige, tendrement tend la fleur odorante. Joséphine, d'un seul coup, larmes aux yeux, reconnaissante se jette dans ses bras. La jeune femme l'enlace, l'attire contre elle tout en l'embrassant sur les deux joues.

Une chaleureuse exaltation l'envahit aussitôt et la plonge dans un océan de tendresse. Ses yeux piquent, elle ne peut empêcher ses larmes de couler. Joséphine est profondément surprise par ce cadeau si spontané et généreux.

Dès cet instant et par ce geste pourtant simple et débordant de douceur, une immense admiration passionnée naît au fond de son cœur qui ne fera que grandir chaque jour un peu plus.

Elles restent, toutes les deux enlacées, un long moment sans parler puis Christie les yeux embrumés murmure d'une voix brisée d'émotion :

– Allez, on y va ! et elles remontent dans la voiture. La route s'efface pour une piste rose, toujours envahie par cette poussière rouge qu'elles rencontrent à chaque instant, tandis que le véhicule s'engage en direction des caféiers, sur des chemins bordés de yuccas et d'agaves.

– C'est une jeune plantation explique Christie en

désignant une étendue de petits arbustes. Des hommes noirs vêtus de blancs et coiffés de larges chapeaux de paille travaillent entre les jeunes plants de caféiers. La journaliste s'arrête et toutes deux vont à leur rencontre pour discuter. L'un d'eux fait de grands gestes et lui montre des petites pousses vertes à ses pieds.

— Ils ne sont pas contents, car ils avaient le droit jusqu'à présent de planter des haricots et de cultiver le sol pendant les deux ou trois premières années, comme ils ne travaillent pas assez vite leur chef ne veut plus l'autoriser ajoute Christie ennuyée.

— Regarde, continue-t-elle, nous arrivons près des grands caféiers. Ils s'étendent très loin dans un alignement impeccable. Dans leur feuillage d'un magnifique vert, éclosent des multitudes de fleurs blanches au parfum suave. La jeune femme en cueille une et l'examine :

— La fleur d'un jour souligne-t-elle. Elle s'ouvre le matin et se fane dès le soir.

— Et ces graines ? dit Joséphine étonnée en désignant les petites baies vertes nichées aux creux des feuilles.

— Elles sont vertes, plus loin tu en verras des rouges. Quand elles seront presque noires, on les cueillera.

— Alors, c'est donc cela le café ! Je n'en ai vu que grillé s'émerveille la jeune fille.

Christie s'exprime d'une voix douce et patiente, elle ne se lassait jamais d'expliquer :

— Malheureusement, c'est un travail exténuant qui

dure des jours et des jours et le personnel n'est pas toujours bien traité. La cueillette des baies de caféiers a justement commencé, nous allons visiter l'usine.

Les bâtiments de la plantation d'un blanc éclatant apparaissent déjà au tournant du chemin.

Les deux jeunes femmes entrent dans un atelier où trônent plusieurs machines semblables, dans lesquelles les baies perdent leur pulpe rosâtre et sont acheminées vers de grands réservoirs en béton.

Des ouvriers ouvrent justement l'un d'entre eux, il s'en échappe une forte odeur. Des hommes, des femmes et des enfants trient ensuite à la main les grains lavés et débarrassés de leurs déchets.

— Venez par ici ! s'exclame un jeune homme.

Une dernière trieuse classe les grains, qui sont entreposés dans de grands hangars.

Christie fait un pas en avant.

— Quel travail ! je suis admirative dit-elle et elle va à nouveau parler, quand elle aperçoit sur le seuil du bâtiment qui contient les bureaux, la silhouette élancée du gouverneur, Alexander Feissole. Le soleil allume des reflets d'un bleu métallique et fait flamboyer sa chemise couleur ocre.

— Bonjour Christie dit-il. Bonne d'enfant à ce que je vois !

— Il n'y a pas de sot métier réplique-t-elle, il n'y a que de sottes gens !

— Bonjour, Monsieur, murmure Joséphine vaguement décontenancée.

Les sombres yeux de l'homme l'effleurèrent d'un regard dédaigneux.

— Que faites-vous ici ?

— Joséphine est une charmante compagne, déclare Christie en lui passant son bras autour des épaules et de plus j'ai besoin d'elle. Si elle le souhaite, elle m'accompagnera dans mes tournées et m'aidera à rédiger mes articles. J'ai cru comprendre qu'elle était libre l'après-midi. Vous n'y voyez pas d'inconvénient – Monsieur le Gouverneur – si Joséphine est d'accord bien entendu poursuit-elle.

Joséphine frissonne d'un seul coup. La proposition soudaine de son amie l'enchante, son sourire fait comprendre à la jeune femme qu'elle est mille fois d'accord. Elle, Joséphine, l'aider à rédiger, c'est ce qu'elle aime faire le plus !

— Vous n'êtes pas sans savoir que je suis responsable de cette personne qui vit et travaille chez moi depuis peu, qu'elle n'est pas majeure et qu'elle est donc sous mon entière responsabilité tranche le gouverneur d'un air si sévère que Joséphine sursaute malgré elle.

— Monsieur, que se passe-t-il dans votre plantation ? commente-t-elle vivement en le fixant d'un regard chargé de reproche. Les ouvriers n'ont pas vraiment l'air satisfaits. Vous avez osé supprimer la culture des haricots sous les caféiers ces hommes travaillent dur, du matin jusqu'au soir. Vous les rémunérez très peu. Ils n'ont aucune compensation ayant pour seule mission de se taire et de travailler comme des esclaves avec leurs femmes et enfants.

— C'est honteux ! reprend la journaliste, vos machines sont neuves et impeccables, vous avez des hangars pleins à craquer. Que faites-vous pour votre personnel ?

Pendant que Christie parle, les ouvriers noirs ont cessé leurs activités et forment un attroupement autour d'elle. Ils sont harassés de fatigue, dégoulinants de sueur, certains presque nus avec pour seul vêtement un pagne sur les reins comme vêtement. La plupart vont pieds nus.

— J'envoie mon article dès ce soir en métropole affirme la jeune femme obstinée.

L'homme fait un pas en avant, furieux, il crie :

— Vous autres, retournez travailler !

— Que connaissez-vous à la culture du café ? Que savez-vous de ma vie pour vouloir tout détruire ainsi ? Le visage du gouverneur s'est soudain assombri et tout en parlant, il froisse nerveusement un mouchoir qu'il vient de sortir de sa poche.

— C'est bon, faites ce que vous voudrez avec votre petite protégée, je m'en moque complètement, mais ne venez pas vous plaindre ensuite si vous avez des problèmes ! Qui aurait cru que Christie Baxter aurait la vocation de nourrice sèche ! lance-t-il avec un rire sourd.

Joséphine recule de quelques pas, prise d'un obscur malaise.

– Et qui aurait cru que Alexander Feissole deviendrait un homme mauvais à moins que vous ne l'ayez toujours été ? rétorque à son tour Christie furieuse.

– Oh !

L'homme pousse un cri étranglé de rage et se jette en avant comme s'il veut gifler ou battre son interlocutrice, il se contient cependant, reste une seconde, très droit, serrant les poings puis pivote et rentre d'un pas pressé dans le bureau dont il claque la porte avec violence.

– Viens Joséphine, partons suggère Chris.

La voiture démarre en trombe. Quand elle repasse devant les jeunes caféiers, Christie crie quelque chose aux ouvriers. Ils applaudissent, puis se mettent à crier et chanter de joie. Certaines femmes exécutent quelques pas frénétiques de danse.

Joséphine comprend que le visage de cet homme en colère n'est autre que celui qu'elle a aperçu dans la cabane, la nuit au fond du jardin. Elle frémit d'angoisse et raconte sa frayeur à son amie.

– Cela ne m'étonne pas dit-elle en hochant la tête, il a une curieuse réputation. Ne t'inquiète pas, tu es sous ma protection, il ne te dira plus rien. Contente-toi de faire ce que tu as à faire, comme d'habitude, et tout ira bien.

Elles roulent un instant silencieux, très vite la joie d'être ensemble reprend le dessus. Chris se met à fredonner gaiement tout en conduisant. Elle sourit à sa protégée. Joséphine lui rend son sourire. Christie ne ressemble à aucune autre jeune femme que Joséphine connaît, la plupart sont déjà mères de famille.

Elle est une grande femme, au visage heureux, volontaire, dont la chevelure rassemblée sur la nuque en plusieurs boucles et anglaises exprime à la fois réserve, contradiction, avec toutefois une grâce infinie à la manière dont elle utilise ses yeux : ils sont bleu gris et très vifs et se posent partout à la fois. Elle semble tout voir et tout comprendre.

La route toujours s'étire, bordée par les files de paysans, la route avec de beaux reflets mauves ou violets où des femmes à peine vêtues aux seins tombants se pressent.

– Ces trois-là sont certainement la grand-mère, la mère et la fille, désigne Christie du regard, en ralentissant. Joséphine observe, admirative, la scène touchante qui se dessine devant elle.

La fillette marche la première, maigre, nerveuse, sa charge bien en équilibre sur la tête.

La mère, dodue aux seins fermes, chargée davantage.

La plus âgée, la poitrine si fanée qu'on la dirait drapée et froissée, un peu clopinante et qui trottine derrière. Mais les beaux bouquets de jeunes feuilles fraîches qu'elles portent sur la tête sont semblables pour les trois et ondulent gracieusement à la cadence de leur pas.

Chris poursuit son chemin et fait un détour vers la falaise aux cascades. Elle ne veut pas se contenter de contempler « d'en bas ». C'est d'en haut qu'il faut la voir. Elle grimpe. Joséphine suit. Les jeunes femmes sont bien récompensées de leur peine : des rocs et des rocs encore, coupés de failles abruptes. Et puis, une coupe parfaite qui recueille la rivière naissante. Au bord de la coupe trop pleine, les eaux glissent, s'évadent en cascades cristallines pour se retrouver un peu plus bas en vasques douces et lumineuses.

Plus bas, le torrent se précipite avec fureur et désespoir devenant une écume mousseuse.

La téméraire jette un coup d'œil vers l'abîme et se penche le visage resplendissant de joie. Elle inspire profondément : c'est merveilleux, n'est-ce pas ? Une odeur végétation surchauffée au soleil et d'eau stagnante s'échappe des profondeurs.

Joséphine, recule saisie par l'odeur suffocante. Chris, elle, semble invincible, debout se dressant fièrement le visage au vent, giflée par les éclaboussures parfois violentes, brûlée par le soleil. Puis elle recule pour échapper à cet impressionnant tourbillon en écartant ses cheveux un peu détachés.

— Et si nous prenions une tasse de thé ? propose-t-elle spontanément.

Tandis qu'elles s'assoient à même le sol, surplombant la magnifique chute d'eau, buvant le thé de la thermos, tout en dégustant les provisions préparées par Mara, le bruit de l'eau les enveloppe de sa chanson limpide. Elles ne parlent plus.

L'âme du manguier

Joséphine ferme les yeux savourant cet immense bonheur qui lui est offert : ce partage de ce qu'elle aime, ce naturel, cette force qui semble la nourrir et qu'elle reçoit dans cette contemplation émerveillée.

En reprenant leur route, le ciel est blond sous un reflet de cuivre qui s'évanouit au couchant. Au loin, des feux de brousse s'allument puis s'éteignent. Soudaine, silencieuse et sombre, la nuit africaine tombe sur la piste qui s'étend toujours interminable comme un ruban blanc brillant.

– Il est trop tard pour que je te reconduise, je t'emmène chez moi. Nous risquons de nous perdre suggère Chris.

La voiture passe le portail, s'arrête enfin. La jeune femme ouvre la portière, elle relève la tête pour respirer la brise chaude et parfumée des fleurs d'ipomées. Joséphine émerge peu à peu d'une douce rêverie et découvre le petit appartement de son amie au rez-de-chaussée d'une villa toute rose, exception pour la ville blanche.

Elle est épuisée par cette journée, tellement heureuse malgré l'épisode gênant à la plantation. Chris, attentionnée lui offre une chemise pour la nuit.

La jeune femme retourne dans la maison, allume son tourne-disque :

« Mon cœur est un oiseau des îles qui ne chante que pour l'amour... clame Joséphine Baker.

Dans tes bras il trouve asile... »

La musique continue de plus belle

« *Oh ! Don't touch me Mister Tomatoes* » poursuit la voix.

Christie les cheveux longs, éparts, attrape Joséphine par les deux mains. Elles dansent toutes les deux en chemise sur la terrasse, au milieu du petit jardin. Elles éclatent de rire, répétant le refrain en chœur.

Tcha tcha tcha répète la voix...

Elles dansent jusqu'à l'épuisement total, se jettent toutes deux, anéanties sur le lit, hurlant de rire.

Le disque s'arrête.

— Viens, chuchote Chris.

Joséphine se blottit bien vite tout contre son amie.

La nuit belle et câline se penche sur la ville blanche et la lagune toute proche l'enveloppe de douceur tendre.

9

Surprises matinales

Joséphine est en retard ce matin. Heureusement, grâce à la complicité de Mara, personne n'en a rien su. Tout en se dirigeant vers la chambre de Jessy, elle sourit en pensant au doux visage de Chris qui ne la quitte plus, désormais elle sait sur qui elle peut compter. Les deux amies ont décidé de faire leurs visites l'après-midi dans des zones plus courtes pour éviter la tombée de la nuit, Joséphine passera la plupart de ses week-ends avec Chris : ce sont ces moments de repos. Les pensées chaleureuses laissent place à sa propre existence et à la tâche qui l'attend.

Jessy l'accueille comme chaque matin. Joséphine a maintenant l'habitude et les gestes deviennent plus faciles. Il semble aussi que la malade se soit attachée à la jeune fille. Aujourd'hui comme il fait beau et doux, elle l'installe dans son fauteuil en rotin sous la véranda. Elle peut ainsi contempler le jardin. Après avoir pris un livre au hasard dans la bibliothèque, elle s'assoit près d'elle, à même le sol sur un coussin africain en peau de buffle. Elle commence la lecture à haute voix. :

« *Oui, bien sûr, s'il fait beau demain, dit Mrs Ramsay. Mais il faudra vous lever à l'aurore* » ajouta-t-elle.

Jessy semble perdue dans ses pensées, elle regarde droit devant elle, les yeux fixés sur quelque chose d'invisible. Joséphine soupire et se demande bien ce qu'elle doit faire. Continuer à lire, s'arrêter ? Jessy n'écoute peut-être pas. Cependant, le livre de Virginia Woolf « *La promenade au phare* » l'attire et la jeune femme se laisse porter par cette écriture délicate. Alors elle continue de lire le texte qu'elle a sous les yeux. Elle essaye de se concentrer le plus possible sur les mots, sur l'histoire. Elle s'applique en essayant d'y mettre le ton et de rendre vivante sa lecture. Elle arrive ainsi jusqu'à la fin du premier chapitre. Jessy n'a toujours pas bougé et porte toujours cette même expression d'absence, sur son visage livide. Qu'importe, la jeune femme reprend de plus belle :

« *Fera-t-il beau demain pour la promenade au phare ? L'eau entrave les pensées. La vie se déverse et la mort surprend. Les années passent. La maison est abandonnée...* »

Jessy bouge légèrement. Joséphine lit déjà depuis plus d'une heure, elle s'épuise. Ses yeux piquent et sa jambe est endolorie. Il faut dire qu'hier, elle ne s'est pas assez reposée. Joséphine bégaye de plus en plus. Cette fois, elle ne peut plus lire du tout, écrasée par cette chaleur humide qui monte du jardin, envahissant la véranda.

Elle repose le livre brusquement sur le guéridon de la véranda et ne peut s'empêcher de dire tout haut, contrariée :

— Vous ne m'avez même pas écouté Jessy, vous ne dîtes jamais rien. Mara se donne du mal pour vous préparer de bons petits plats et nous n'avons même pas droit à un sourire. Regardez, comme le jardin est magnifique ! Je voudrais tant pouvoir faire une promenade avec vous.

La jeune femme reprend le livre, le range dans la bibliothèque, maladroitement elle le fait tomber : il claque d'un bruit sourd sur le plancher. Jessy sursaute, crie et il semble que la jeune femme entende à travers son cri, Joséphine ! Pourtant, elle n'en est pas tout à fait certaine.

Elle se dépêche de retourner près de Jessy qui s'agrippe à ses mains ; cette fois, c'est juste, elle entend comme un murmure, Joséphine.

Une autre voix l'interpelle. Mara se tient sur le seuil de la porte et frappe dans ses mains pour manifester sa présence. La jeune femme ravale ses doutes et lance :

— Je ne vous ai pas vu ni entendu, je suis confuse.

Un jeune homme, la mine réjouie, vêtu d'une veste kaki, large ouverte sur sa poitrine l'accompagne.

— Voici le médecin, Monsieur Paul Meilland qui nous rend visite chaque mois explique Mara en allant à leur rencontre.

— Bonjour Mademoiselle, je vois que vous avez là, une charmante compagnie, dit le médecin en lui donnant une poignée de main et en se retournant vers Jessy.

Délicatement, il prend son pouls, vérifie sa tension, écoute son cœur et raccompagne Madame Feissole vers son lit :

— Mara m'a raconté combien vous êtes attentionnée déclare-t-il en manifestant une vive cordialité à son égard.

Joséphine rougit et ose timidement demander :

— Monsieur, de quoi souffre-t-elle ? Que puis-je faire pour l'aider plus ?

Le médecin s'approche, l'entraîne doucement sous la véranda et lui confie tout bas :

— Elle est tombée un jour, son mari l'a retrouvée étendue dans leur salon. Elle souffrait de dépression depuis un moment déjà, elle a probablement eu une hausse de tension qui provoque cette aphasie. Il aurait fallu qu'elle commence une rééducation approfondie, mais elle refuse tout effort.

— Peut-il y avoir un changement ? murmure la jeune fille.

— Il peut y avoir un changement avec le temps, toutefois il faut qu'elle le veuille elle-même. En attendant, continuez de vous occuper d'elle comme vous le faites. Il ne faut pas qu'elle reste allongée toute la journée.

— Mademoiselle, poursuit le médecin vous êtes consciencieuse et dévouée.

J'ai besoin d'aide pour la campagne de vaccination qui aura lieu la semaine prochaine à la mission et nous ne serons que deux avec sœur Zoéline. Pouvez-vous vous joindre à nous un ou deux après-midi dans la semaine ?

— Avec plaisir, répond Joséphine. Je vous remercie d'avoir pensé à moi, j'aimerais beaucoup vous aider.

— Alors je compte sur vous poursuivit-il tout en rédigeant l'ordonnance de Madame puis il repart très vite, car d'autres patients l'attendent pendant sa tournée matinale.

Mara apporte comme chaque fois, à l'heure du déjeuner, un plateau appétissant et odorant. Jessy déjeune puis s'assoupit.

Ce jour-là, Joséphine n'a pas trop fait attention au minuscule changement qui s'accomplit. Elle garde dans ses pensées toutes les merveilles de sa journée passée avec Chris et dans l'heureuse perspective d'une autre excursion, elle passe l'après-midi à rêver et à écrire dans son carnet. Elle est soudainement heureuse d'avoir accepté ce travail si loin de son pays bien que ce ne soit pas facile, pas facile du tout, cependant il lui plaît de penser qu'elle va apprendre beaucoup. Envahie par un sentiment d'allégresse, elle éprouve une grande fierté, car tous, ici, semblent lui faire confiance : elle peut agir comme elle l'entend. Ceux qui l'entourent comprennent que seule la bonté l'anime, malgré ses frayeurs et angoisses, elle ne pense qu'aux découvertes qu'elle fera dans les tous prochains jours.

Une semaine plus tard quelle ne fut pas sa surprise en allant sous la véranda comme à son habitude, de trouver sur la petite table, le livre de Virginia Woolf.

Joséphine se doute un instant de la justesse de son

titre, mais il n'y a pas d'incertitude, c'est « *La promenade au phare* » qu'elle a lu à haute voix. Qui peut savoir qu'elle a déplacé ce livre dans la bibliothèque ? Son regard se porte sur celui de Jessy, malgré cela elle a toujours le même air absent. Joséphine a cru entendre son prénom, n'était-ce pas le fruit de son imagination ? Tout en se posant mille questions et légèrement étonnée, elle reprend le cours de sa lecture interrompue.

10

Tangage et roulis

À l'aube, une pluie fine se met à tomber. Joséphine se dirige vers la cuisine. D'humeur mélancolique, elle traîne un peu plus que d'habitude et allume la gazinière pour faire bouillir de l'eau. Elle se prépare un café. Elle essaye d'avaler quelques bouchées de flocon d'avoine. C'est samedi et aujourd'hui elle a le temps. Mara entre en chantonnant dans la pièce et s'assoit près d'elle :

– Qu'est-ce qui ne va pas, ma petite fille, je commence à bien te connaître. Tu peux te confier, si tu veux.

La jeune fille lève son visage à peine éveillé vers elle. Joséphine aime beaucoup Mara. C'est une forte femme vive et pleine d'énergie qui n'arrête jamais de travailler. Grâce à elle tout le monde ici mange merveilleusement bien. Elle rapporte tous les ingrédients du marché, préparant à la fois des menus africains et occidentaux. Elle vaque aux travaux ménagers et Joséphine la voit parfois passer avec une pile énorme de draps qu'elle porte en équilibre sur la tête. La jeune fille se demande bien comment elle peut faire, mais elle ne se risque pas à essayer craignant le pire ! Mara parle de sa famille restée dans son village de l'autre côté de la lagune. Elle promet un jour d'y emmener Joséphine et de la présenter à ses nombreux frères et sœurs.

— Nous ferons une grande fête pour toi.

Joséphine est touchée jusqu'aux larmes par les mots de Mara et par sa gentille hospitalité.

La pluie continue de tomber inlassablement. Joséphine avale le café chaud debout, à la fenêtre, laissant la chaleur l'envahir en fermant les yeux puis elle se dirige indolente vers la véranda laissant Mara à ses occupations.

Elle erre dans le couloir, se faufile dans une autre pièce qu'elle n'a pas encore remarquée : la porte est entrouverte. Elle hésite, fait un pas et passe la tête, curieuse, dans l'embrasure. Un homme de dos installé devant son chevalet semble méditer.

Vêtu d'une large chemise blanche, maculée de taches multicolores, il peint par petites touches la toile posée devant lui. Un peu plus loin assise sur un coussin, une jeune fille dénudée ne bouge pas et semble figée. Elle ne sourit pas, seuls ses grands yeux brillent et s'étonnent. Son visage délicat est encadré d'une multitude de tresses incrustées de coquillages. Elle semble très jeune. Aux bijoux dorés et ciselés qui parent ses poignets et ses chevilles, à la robe de raphia qui traîne sur le sol, Joséphine reconnaît le style des petites danseuses qu'elle a pu admirer et qui dansent en agitant des mouchoirs multicolores, piétinant, sautant et se trémoussant au son des tam-tams et des balafons. L'image de ces fillettes évoluant avec souplesse et virtuosité, couvertes de leurs longues robes flottantes, aux visages dissimulés par des masques, l'avait impressionnée et, perdue dans ses pensées elle fait un pas en arrière, intimidée, voulant fuir très vite.

Une voix d'homme grave et autoritaire ne lui en laisse pas le temps.

– Approchez, jeune fille.

Craintivement et le cœur battant, elle entre dans la pièce s'approchant du chevalet : Alexander Feissole, le gouverneur, ne la regarde pas et continue de peindre. Ce qu'il peint ne correspond pas véritablement au modèle qu'il a en face de lui. Sur la toile surgissent d'un peu partout des masques tragiques se mêlant à des masques de douceur, des masques stylisés, redessinés jusqu'à l'imprécision, jusqu'à l'incohérence ; des masques d'épouvantes aux yeux cernés de vermillon, des masques zébrés, des mufles d'animaux grossièrement barbouillés de noir, de blanc, de rouge et apparaissent çà et là de fins et délicats visages coiffés d'un croissant de lune, tous symboles de génies, d'ancêtres, de fétiches. La jeune fille est totalement subjuguée et comme envoûtée par ce tableau qui prend vie sous ses yeux, qui toutefois donne l'impression d'une scène surnaturelle.

Tant d'harmonies et de contrastes se mélangent : le sol, le ciel, les eaux, les aubes et les crépuscules, la violence de la lumière, la douceur des ombres bleues. Cette scène, s'achemine bien au-delà de cette petite danseuse immobile et c'est tout cela qu'évoque l'enfant. L'originalité de ses bijoux, le tissu tombé à ses pieds sont métamorphosés comme un hymne majestueux.

– Tout ce monde danse murmure Joséphine dans un

souffle.

— On danse comme l'on vit, comme l'on aime, comme l'on souffre, comme on prie, comme on travaille, comme l'on meurt, répond le peintre par un autre murmure.

Elle a l'impression de participer à un culte énigmatique, la danse devient manifestation d'un étrange art plastique singulier, compliqué ou très simple que le mystère enveloppe jalousement.

— Grâce et mystère des danseuses aux hanches d'amphore, déesses de l'amour et de la fécondité, don et secret de la jeunesse, des corps puérils, merveilleuse jeunesse soupire le peintre et il se retourne, la dévisageant de son regard pénétrant.

Elle est surprise, car elle ne s'attend pas à découvrir sous cette carapace inabordable, autant de sensibilité, de poésie, et de luminosité.

Alexander est exigeant à l'extrême, il jongle avec son pinceau avec perfection, maniant les couleurs avec un talent rare. Sa toile ressemble à un tissu chamarré et magique qui exprime, la beauté, la force, la légende, la magie, la fusion de la douleur et de la béatitude pour qui l'acte même de peindre devient un acte d'amour.

— C'est beau ce que vous peignez, je ne trouve pas les mots, ose dire Joséphine.

C'est un long apprentissage, il faut savoir observer, défaire et refaire, imaginer, composer.

— J'ai cru comprendre que vous dessiniez dit-il en

désignant le carnet.

– Je crayonne, articule-t-elle mal à l'aise.

— Alors ne cessez jamais de crayonner, croquez tout ce que vous voyez, un peintre est capable de tout dessiner la beauté comme la laideur. N'ayez pas peur de mal faire, gribouillez dans la précipitation et même si vous croyez que ce n'est pas bien, faites-le jusqu'au bout. Il n'y a pas vraiment de règles ni de techniques sauf quelques notions de perspective et de dimensions humaines.

Les mots du peintre résonnent en elle singulièrement. Joséphine dessine un peu instinctivement et elle reprend courage promettant à l'avenir d'essayer de mieux faire encore.

– Mademoiselle dit-il en la dévisageant des pieds à la tête, pourquoi vous cacher ainsi et pourquoi m'espionnez-vous ? Vous êtes ici chez vous, vous n'avez pas besoin de frôler les murs comme une ombre, ni de venir à l'improviste sur mes plantations de café, il suffit de demander. Son regard se détourne pour se poser en direction de la petite danseuse qui n'a pas exécuté un seul mouvement depuis ces longues minutes, ensuite il replonge dans le silence.

Joséphine rougit, bafouille, cherchant ce qu'elle va bien pouvoir répondre, quand un heureux et long klaxon se fait entendre dans la cour.

Soulagée, délivrée d'une invisible emprise, elle le salue et file à toute vitesse en courant dans le couloir, car elle vient de reconnaître la voiture de Christie. Elle ouvre la portière du véhicule et s'engouffre bien vite à l'intérieur.

— Tu trembles, que se passe-t-il Joséphine ? dit Chris en l'embrassant.

Joséphine rassure son amie, pourtant, elle tait la peur que provoque chez elle l'impressionnant gouverneur ainsi que le trouble que cet homme vient de lui communiquer en dévoilant sa passion pour la peinture. Elle se promet d'en parler plus tard à Christie ne voulant pas l'ennuyer et désire profiter au maximum de cette nouvelle journée qui s'offre à elle.

Cette fois, Chris décide de s'aventurer un peu plus dans le pays. Quelques virages, et la route grimpe presque brusquement. Entre des palmes magnifiques, on aperçoit à chaque tournant, un large fleuve d'argent miroitant ; elles s'enfoncent au plus profond de la jungle. Ce n'est qu'un immense enchevêtrement d'arbres emmêlés et l'émouvant silence est brusquement déchiré par les acrobaties d'un singe roux qui surgit de l'épaisse forêt.

Les deux femmes, émerveillées, traversent le pays des Guébiés où les petits villages sont enfouis dans les épais fourrés, accrochés aux pentes ou tassés dans les vallées. Chris veut voir les coupeurs de bois, et ce, malgré le chemin défoncé, crevassé, les ornières, les montées et les vertigineuses descentes. Après avoir abandonné la voiture, elles continuent à pied sur un bon kilomètre ou deux, franchissant d'énormes troncs abattus et des marigots grouilleurs. Joséphine crie sa répugnance en pataugeant dans l'humus et la boue où l'on s'enlise à chaque faux pas, marquant des pauses essoufflées, en essuyant son front humide, Chris réplique :

— Tu voulais me suivre dans la brousse !

Elle éclate de rire en voyant la mine défaite de son amie, ses joues rouges, la vase qu'elle a sur les jambes, car elle vient de s'étaler sur le chemin. Compréhensive, elle revient, lui donne la main et tant bien que mal elles débouchent toutes les deux au milieu des hautes fougères.

— Écoute, dit-elle, ce sont leurs chants !

— *Hobo erié, gréo* ! Qu'il est dur de gagner sa vie ! Et la rumeur devient plus grande encore.

Cette singulière mélodie les habite, hommes et arbres et s'incorpore à la forêt comme le ferait un chant d'oiseau, le cri d'un animal blessé, l'appel d'un fauve. Un chant qui scande autant leur joie, que leur labeur. Des hommes travaillent là, équarrissant à la hache, avec une étonnante habileté des beaux troncs d'acajou chatoyants. À la maison forestière, elles sont accueillies par le propriétaire qui les reçoit comme des reines et leur fait apporter un repas de poulet, d'igname et de lait de coco.

Joséphine avale en hâte la boisson rafraîchissante et a quelque peine à laisser les ignames appétissantes. Chris veut tout voir, tout savoir et elle disparaît bien vite dans la brousse en lui lançant un regard taquin.

— C'est toi qui écris l'article aujourd'hui dit-elle en proposant son sac de toile. La jeune fille découvre un carnet et des crayons, ainsi qu'un Kodak alors elle s'installe à l'ombre d'un mandarinier et raconte l'exécution du géant, un makoré millénaire arbre chef, qui semble dominer toute la flore, toute la faune, et tous les marigots jaseurs et tombe dans un extraordinaire fracas, entraînant dans sa chute tout un monde végétal et animal. La forêt en tremble encore !

– Bon début, dit Christie en lisant à haute voix, par-dessus son épaule, rien n'est plus émouvant que le supplice d'un grand arbre. C'est un brouillon ce que tu as écrit, maintenant tu lies les phrases entre et n'hésites pas à faire des métaphores, ils adorent ça au Tribune Libre, lui conseille la jeune femme.

Les coupeurs de bois entonnent à pleins poumons leur chant de victoire qui les accompagne sur le sentier du retour, les cruels bourreaux ne sont plus que des bons gars suants et souriants.

La voiture redémarre en cahotant de plus belle. Christie infatigable, souriante chante à tue-tête Joséphine épuisée ne peut que s'incliner devant tant de dynamisme et d'énergie et elle ne quitte pas des yeux son amie, admirative. Sur la piste, une planche rouge de poussière, le défilé ne cesse jamais, elles approchent d'un village. Le monde entier est une scène de terre pourpre damée par les pieds nus des grappes d'enfants, des petits coqs de bruyère et des chèvres terrorisées qui se sauvent sur le passage de la voiture. Toujours, ces femmes qui déambulent, colonnes d'émerveillement, nobles avec leurs lourds fardeaux sur la tête, tout cela en attrapant dans leur dos un bébé pour lui donner le sein.

Joséphine ne parvient pas à les quitter des yeux.

Les voyageuses s'arrêtent pour contempler les belles danseuses nues, seins et ventres tatoués de ces étranges dessins en relief qui imitent les perles d'ambre. Des anneaux tintinnabulent à leur poignet, à leur cheville. Elles tiennent en leurs doigts effilés des longs pendentifs d'écailles, rehaussés de petits miroirs scintillants. En les voyant se mouvoir et sauter de leur manière aguichante, on a l'impression qu'elles invoquent les déesses de la Grâce et de l'Amour et revient à l'esprit de Joséphine l'étonnant tableau découvert ce matin.

— Regarde ! dit Christie et elle utilise à outrance son appareil photo d'une façon très curieuse en se contorsionnant dans tous les sens puis finit par descendre de l'automobile. Joséphine a beau observer, elle ne voit que les danseuses légères et radieuses.

En scrutant un peu mieux à travers les mouvements et les piétinements, la journaliste distingue une maison de torchis. Toute une famille se tient sur le seuil de la porte. Le pater familias avec toutes ses femmes alignées par rang d'âge, certaines avec des bambins blottis contre elles, de la plus vieille à la plus jeune. Un homme blanc semble parlementer en faisant un grand geste. Elles assistent à une négociation semble-t-il. Il remet des paquets à la famille : plusieurs bouteilles et encore d'autres choses qu'elles ne discernent pas. Le chef de famille incline la tête plusieurs fois puis il saisit le bras d'une des jeunes femmes. Très jeune, elle est parée comme une princesse d'étoffes vives, superposées de plusieurs carrés de tissus arc-en-ciel. La tête baissée, elle se soumet à l'ordre et sans regarder sa nombreuse famille, elle suit l'homme blanc. Tous deux s'engouffrent dans le quatre-quatre qui démarre aussitôt.

— Ça se passe comme ça, dit-elle en hochant la tête, perplexe, et en remontant aussitôt dans sa voiture, elle servira de petite bonne à tout faire ; elle deviendra probablement sa maîtresse. Si elle a de la chance, elle tombera bien sinon elle reviendra chez elle enceinte et à ce moment-là, elle ne sera plus utile à rien. La suite, tu la connais, en retrouvant son village elle sera bannie, chassée, et punie sévèrement, car pour se faire accepter à nouveau de son peuple elle devra subir des châtiments qui vont parfois de la perte de la personnalité, de la mutilation et de la mort. Puis elle ira mettre son enfant au monde et mourir dans un coin ou bien on aura pitié d'elle et dans le moindre des cas elle servira d'esclave à quelqu'un.

— Et l'enfant, murmure Joséphine épouvantée. L'enfant sera rejeté de toute façon et atterrira à l'orphelinat s'il y arrive poursuit Chris dubitative.

— Pourquoi ne nous sommes-nous pas précipités pour l'empêcher ?

À cela n'aurait servi à rien que déclencher la colère du chef de famille et du village tout entier contre nous et qui serait mort de honte devant les siens. Et puis, tu sais, cet homme, nous ne savons pas qui il est ? Ici, ceux qui encouragent ce commerce sont bien souvent des notables et des gens « bien » sous tout rapport avec un certain pouvoir et une notoriété. Nous ne sommes que deux femmes, Joséphine, et pourtant la colère brûle en moi. Que c'est lâche et criminel cette petite jeune fille livrée ainsi en pâture pour quelques bouteilles ! Je ne peux que le dénoncer de ma plume, au risque de me faire confisquer mon appareil photo et d'être censurée si on le découvrait. Tu apprendras à connaître ce pays. Tout est ici comme ailleurs.

Joséphine est triste d'un seul coup et son visage s'assombrit. Elle ne voulait garder que le beau côté des choses. Soudain le monde devient une confusion totale. Cette scène la renvoie à son enfance, à ceux qu'elle a quittés et puis elle se pose cette question submergée par l'image de la petite danseuse de ce matin, de celle de cette fillette honteuse, quittant sa famille. Est-elle coupable tout simplement d'être une fille, une femme ? Les mots ne la quittent plus. La peur est dans les mots. Joséphine ne peut s'empêcher de craindre.

Dans l'indifférence totale des tâches des uns et des autres, les balafons et les tam-tams jouent de plus belle, rythmant les pas.

La voiture redémarre. Elles retrouvent la piste du fleuve et des lagunes. L'Afrique s'étend au milieu du monde. Le soleil se lève et puis se couche, à six heures exactement. Tout ce qui arrive le matin se défait à la tombée de la nuit, le soleil s'abîme au loin, le ciel saigne, disparaît et puis noircit.

Christie ne veut pas rentrer tout de suite.

— Je vais te montrer quelque chose d'unique, dit-elle et puis nous ne sommes pas très loin de la maison.

Parce que la lagune fut, pour les conquérants, fatigues et embuscades, combats et dangers, la lagune est maintenant douceur et sérénité.

La conductrice engage son véhicule dans un étroit petit chemin qu'elle semble bien connaître et stoppe son moteur sur un étroit ponton. Au loin s'étirent des rives, des villages de pêcheurs, des filets. Les dernières pirogues disparaissent et le soleil tombe peu à peu, reflétant ces conques d'or sur le bleu gris d'acier.

Assises toutes les deux sur le plancher, les pieds nus dans l'eau, elles observent l'horizon et ce labyrinthe aquatique et végétal s'étalant devant elle. Chris, organisée, ne se sépare jamais de sa glacière, elles ont la chance d'y trouver des boissons fraîches. Joséphine sirote un cola, la jeune femme une bière, elles dégustent des tartines au beurre de cacahuète.

Puis la journaliste épuisée s'allonge, les bras repliés sous sa tête. Elle regarde le ciel et ferme les yeux. Joséphine fait de même puis elles restent toutes les deux un long moment à se reposer savourant cette quiétude bien méritée. Les vaguelettes caressent leurs pieds.

Joséphine ouvre les yeux. La nuit est noire. Chris est toujours allongée près d'elle la dévisageant de ses grands yeux. D'un geste maternel rempli de douceur, elle ramasse une de ses mèches éparpillées et bouclées qu'elle lui glisse autour du visage. Puis elle l'embrasse sur le front, sur les joues. Joséphine se précipite dans ses bras et son amie l'enlace, cette fois, en la berçant. Joséphine blottit sa tête contre son épaule. Chris prend son visage dans ses mains et elle dit :

— J'ai envie de… elle ne termine pas sa phrase, elle l'embrasse encore sur la joue et murmure enfin… de nager. Dans l'obscurité, la jeune femme se déplace sans hésiter. Elle allume le contact de la voiture et d'un seul coup les phares éclairent le liquide noir et invisible. C'est encore plus beau que ce qu'elles pouvaient imaginer, des milliers d'étoiles scintillent dans le ciel.

Chris retire ses vêtements, ne gardant que sa chemise blanche, puis elle fend gracieusement la nappe liquide en ondulations énergiques et disparaît comme par enchantement. Un martin-pêcheur dérangé s'envole, affolé et effrayé.

Joséphine enroule ses bras autour de ses genoux, elle y dépose son front. Elle a soudain besoin de quelque chose, comme d'une chaleur particulière, comme lorsqu'on vient au monde. La peur revient qui se mêle à l'humidité qu'elle respire. Peur, mais de quoi ?

Chris surgit devant elle en riant, elle s'accroche au ponton de bois et l'invite.

— Allez, viens, l'eau est délicieuse !

— Je n'ai pas de maillot.

— Ce n'est pas grave Joséphine, nous sommes que toutes les deux.

La jeune fille se décide enfin.

Elle ôte ses habits un à un, garde sa chemise et en titubant, elle plonge peu à peu son corps tremblant dans la lagune. Elle accompagne la téméraire et infatigable Chris, trop heureuse de lui faire partager sa joie.

L'eau est tiède et sous ses pieds le contact du sable est doux. Joséphine s'accroche à son amie et s'allonge. Elle nage à ses côtés dans cet espace immense, à demi éclairé par la lueur de la voiture. Christie est divinement belle, femme et tellement à l'aise dans cet élément naturel. La chemise blanche colle à la peau laissant deviner les formes exquises, dessous. Joséphine se sent attirée par quelque chose qui la dépasse, elle ne sait pas quoi faire et reste là, timidement, n'osant pas bouger.

La longue chevelure détachée de Chris l'enveloppe presque entièrement comme une sirène, heureuse, joyeuse qui s'ébat dans le liquide à la façon d'une déesse inassouvie, venant de découvrir un inestimable trésor.

Et puis, elle jaillit des eaux, plonge et disparaît dans les profondeurs.

Joséphine se retourne, elle est seule. Christie a disparu.

Elle veut retourner vers le ponton et nage très vite. Ce havre de paix devient d'un seul coup une source d'angoisse inattendue. Elle tremble de froid, ses mains s'engourdissent et elle n'avance plus. Elle nage sur place. Joséphine crie de toutes ses forces :

Chris ! Elle ingurgite de l'eau et boit la tasse. Elle suffoque, tousse, crache, hoquette et avale encore une fois une bonne rasade d'eau de lagune. Ses jambes, cette fois, sont comme paralysées. Elle voit le ponton et dans un effort désespéré, elle tente de l'atteindre. Encore un effort sur un mètre ou deux. Des émotions cauchemardesques la submergent, sa tête devient très lourde, elle voit cet homme blanc se saisir de la fillette et son auto démarrer en trombe, elle perçoit la petite danseuse et le tableau d'Alexander. Des ombres et des cris l'envahissent de toute part. Cette fois, elle n'a plus de force, n'arrive pas à atteindre le ponton. Elle perd pied, coule et hurle de terreur.

C'est ce qu'elle croit, mais Chris est devant elle, elle saisit ses deux mains et la hisse jusqu'à elle. Elle tremble tellement qu'elle claque des dents et puis son estomac se soulève. La jeune femme l'enveloppe dans un grand tissu et la frictionne. Joséphine l'entend qui dit :

– Ne t'inquiète pas, c'est un coup de chaleur.

Joséphine entend :

– C'est fréquent ici, et le repas jaillit sur elle, sur le pagne, sur la jeune femme.

Christie s'arrête de parler, écarquille les yeux, Joséphine ferme les paupières. Tout est fini et jamais elle ne lui pardonnera. Sa voix est gentille, pourtant, comme si elle ne lui en voulait pas. Elle la tire à elle, l'enveloppe dans un autre grand tissu puis la soulève comme un bébé. Elle porte la jeune fille et la dépose sur la banquette arrière de la voiture dont elle replie les sièges arrière. Chris berce Joséphine et la serre contre elle.

C'est ma faute ! dit-elle ennuyée, après une journée comme celle-ci, nous aurions dû rentrer directement, je suis insupportable et puis les phares de la voiture ont usé la batterie qui ne redémarre plus, je crains que nous soyons obligées de passer la nuit ici. J'ai essayé de faire repartir le moteur, mais impossible. Nous sommes bel et bien en panne. Tu ne m'en veux pas ?

Joséphine dit non avec la tête, elle n'a plus mal au cœur, mais elle est envahie à nouveau par une crise de larmes.

Joséphine, qu'y a-t-il ? insiste Chris inquiète, d'une voix emplie de douceur.

Quelque chose se met en marche. Les mots depuis tout ce temps-là.

Joséphine parle, elle raconte en sanglotant, blottie contre Christie, la violence et la brutalité incompréhensible et sans répit de son père, gravant au plus profond de sa chair des marques de douleur indélébiles, les coups violents de ceinturons sur son corps et en pleine figure, l'obligation de quitter la maison pour aller gagner sa vie et son reniement pour avoir essayé de défendre sa mère.

Christie reçoit les mots, elle écoute attentive. Elle couvre alors la jeune fille de caresses et de tendresse, elle masse inlassablement et patiemment, parcourant entièrement chaque parcelle de ce corps meurtri - comme si Joséphine redevenait un petit enfant de cette huile odorante dont se servent les mamans africaines.

Elle câline, couvre de baisers, murmure simultanément des mots consolants. Joséphine pénètre, peu à peu apaisée, en une demeure emplie d'affection qu'elle vient de trouver auprès d'elle.

Une terre tendre, profonde, où l'on peut se réfugier et rêver comme en un doux palais, dans lequel elle s'enfonce jusqu'à l'oubli de cette haine sourde. Christie devient maman, sœur, amie, confidente, plus encore, pour la première fois de sa vie Joséphine découvre le véritable sens de l'amour.

Ayant besoin d'être terriblement dorlotée, se blottit contre Chris qui cajole, console. Toutes deux enroulées dans le pagne protecteur passent la nuit à la belle étoile, l'une contre l'autre.

La tête enfouie dans le creux de son épaule, Joséphine se laisse embrasser sur le front, sur les yeux sur les lèvres.

Elle entend les battements de son cœur affolé et les murmures de sa voix dire « Joséphine, je suis là, je t'aime ma chérie, rien ne peut t'arriver avec moi »

Joséphine répète en pleurant « Je t'aime » aussi fort qu'elle peut le lui dire, aussi fort qu'elle peut l'entendre et le recevoir la tendresse qu'elle ressent à cet instant semble justifier, écarter de son cœur toute trace d'inquiétude. N'a-t-elle pas le droit elle aussi à cet instant de bonheur dans son univers agité ?

Joséphine avait quitté sa famille, son pays. Cette séparation, elle l'avait cruellement ressentie. Elle prenait de plein fouet la dure leçon de la distance et malgré l'adaptation à ce nouvel espace avec une étonnante facilité et quoiqu'acceptée comme inévitable, sa douleur n'en avait pas été moins profonde.

Qui se serait douté de la détresse qui l'avait envahie, quand sur le pont du paquebot, elle voyait s'éloigner dans la nuit les lumières de son cher pays ? Et malgré son travail et ses découvertes, elle n'avait pas la force de repousser les assauts de souvenirs qui la prenaient à la gorge, lui arrachant des larmes si ferventes qu'elles la laissaient pantelante, anéantie de solitude.

Alors, elle pensait à sa mère. Elle avait un tel désir de la voir qu'elle en gémissait dans son lit comme un animal blessé et malade. Il lui semblait entendre la terrible voix de son père, voir tourbillonner devant ses yeux le visage de son jeune frère, entendre s'ouvrir la porte de sa maison vivante. Toutes ces émotions, Joséphine les cachait soigneusement. C'était son univers clandestin, son château de mystère.

Seule, Chris avait eu droit à ses confidences les plus intimes, elle se réfugiait éperdument dans ses bras, elle l'aimait tant ! Et elle restait là, immobile, anéantie, suffoquée de sanglots son visage enfoui contre le cœur de la jeune femme la clouant à cette minute passionnée dont elle se stupéfiait d'être la cause. Et elle finit par s'endormir apaisée et bercée par sa voix.

Maman...

11

La tasse ébréchée

Au domaine de la Malaguette, c'est ainsi chaque matin, les couleurs roses de la vie s'éveillent en même temps que le chant des oiseaux qui égayent le petit-déjeuner.

La tasse décorée d'hortensias bleus attend là, bien posée en évidence, sur le plateau apporté par Mara. Elle est emplie d'un doux mélange de thé, parfumé au jasmin, que Mme Feissole déguste peu à peu en s'appliquant à en apprécier le goût si particulier. Car il lui faut manger et faire cet effort chaque jour : apprendre à savourer chaque aliment et à en apprécier le bouquet.

Joséphine s'approche. Jessy esquisse un sourire et hoche de la tête. D'un seul coup Joséphine l'envie. D'être là, paisible dans son royaume, protégée par l'amour de son époux, qui passe des heures à dessiner et peindre. Parfois, il s'assoit en face de son épouse et colore ce visage fermé, sans plus aucun sourire, sur ses cahiers de croquis. Que cherche cet homme dans les yeux qui se taisent depuis si longtemps ? Que lui offrent ce regard et ce corps figé qui bouge à peine ? Jessy ne parle plus à personne depuis longtemps, elle pense :

« Mara affirme que tout est naturel, que tout provient du marché de Tabou et qu'elle confectionne pour moi, chaque jour avec bonheur, des mets délicieux. Je la crois bien volontiers, car elle est ce genre de femme heureuse qui ne se pose jamais de questions : elle cuisine en chantant toute la journée et elle aime le faire, alors j'essaye de ne pas la décevoir, elle s'en trouve ravie. Le seul problème est que j'ai perdu, en partie, le sens du goût et que manger m'importe peu.

Je chantais, j'écrivais des textes et des poèmes et je me consacrais avec bonheur aux enfants de Tabou. Un sourire m'extasiait, un rire m'enchantait. Quarante-cinq saisons des pluies sont inscrites sur mon visage jeune encore. Je t'ai si souvent attendue un livre à la main, assise dans la balancelle de la véranda. Que n'ai-je pas donné pour toi ? Je me suis intéressée à tes lectures économiques et politiques, à l'art, à tes voyages et à tes nominations successives. Pour toi, j'ai essayé d'être exemplaire. Combien de temps passé dans la cuisine avec Mara à préparer tous ces plats délicieux que tu affectionnais si particulièrement. Pour toi, j'organisais des fêtes et des réceptions et comme je t'aimais, quand tu me prenais dans tes bras !

– Aimes-tu ma nouvelle robe Alexander ?

– Tu es la plus belle femme de tout Tabou, Jessy ! disait-il en me saisissant par la taille et en m'enlaçant. Puis sa voix chaude et grave poursuivait :

– Oui, ma chérie, mon trésor !

Alexander, que j'accueillais, toujours, par de grands sourires et lorsque les amis quittaient notre maison enchantée de l'attention que nous leur portions, ils proclamaient dans toute la ville :

— Jessy Feissole est une femme formidable, n'est-ce pas ?

Qu'est-il advenu de moi et de tout ce que j'aimais ? Pendant une longue période, dans cette vie d'avant, j'ai été glorifiée. Cela semblait être le meilleur de mes années, cela n'a pas duré - cela ne pouvait peut-être pas - et le jour est venu où j'ai été exclue.

Lorsque Alexander rentrait de ses tournées dans nos plantations et à travers tout le pays, fatigué de ses grands voyages, il aimait me retrouver à la maison. Il adorait mes robes légères de cotonnade et mes cheveux noués au-dessus de ma nuque. Il admirait en moi la petite fille et il désirait passionnément la femme.

Assise, nue, sur le bord du lit, je me couvrais le corps avec pudeur de mes bras repliés sur ma poitrine. Je gardais les yeux baissés, timide, acceptant toutes ses originalités. Je n'ai jamais aimé cet acte de soi-disant amour trouvant Alexander trop empressé et voulant toujours plus. Je ne comprenais rien à son désir et lorsqu'il s'énervait à mon égard brisant la sensibilité de mon corps trop jeune je ne pouvais lui répondre que par des tremblements, des nausées et des torrents de larmes. Mais il poursuivait inlassablement ce qu'il croyait bien pour moi, ce qu'il désirait le plus pour lui.

Notre maison était agréable, les fleurs entraient presque par les fenêtres ouvertes sur le jardin dans la chambre éblouie de soleil. Je sentais les mains d'Alexander sur mon corps et exiger le silence le plus total.

Et quand je ne voulais pas tout simplement, il m'imposait sa force, me maintenant de ces mains gigantesques alors je lui abandonnais mon corps et je regardais notre jardin. On entendait seulement la respiration des grands arbres. Chaque plante cherche sa place, empiète sur celles des autres, ce sont des bousculades, des étouffements. Ce sont des attaques, des défenses toutes épines aiguisées.

Les lianes encordées soudées montent à l'assaut des gros troncs et retombent de la vertigineuse hauteur où les branches vont s'étaler dans la lumière. Ce sont des nœuds compliqués, serrés, ce sont des lassos inquiétants. Du jardin montait parfois sur l'humus gonflé d'eaux stagnantes, une odeur de pourriture mêlée à celle des cannas pourpres, des lys blancs et des euphorbes. Le jardin m'apparaissait spacieux par la baie ouverte et noyé de lumière. J'y étais perdue comme dans la mer, noyée, autant que l'on a l'impression de ne plus être.

Alexander regardait sa montre, pressé, il disait :

– Rhabille-toi !

Je le détestais pour tout ça, pour ce terme de mépris à mon égard, pour ses ordres, je savais qu'il recommencerait la prochaine fois et que je pleurerai encore.

Un jour, un homme passa, un négociant de café qui voyageait dans toute l'Afrique.

– Vous cherchez mon mari ?

Lorsqu'il repartit trois heures plus tard après m'avoir

raconté sa vie, il me retourna la main et m'embrassa dans le creux de la paume.

– Vous devez être bien seule, mon petit, ici ?

– Je fais ce que je peux pour tenir bon et je gardais les yeux baissés et embués, mes mots mourant sur mes lèvres émues. Il effleura ma joue brûlante de sa main et s'en alla.

Il revint trois jours plus tard et je m'effondrai dans ses bras.

– Qu'y a-t-il mon tout-petit ?

Cette voix m'apaisa tandis qu'il me caressait le dos de ses deux mains. Je fermais les yeux sans parler, j'aurais pu rester une semaine entière dans ses bras anonymes et réconfortants.

Officiellement, je suis frappée d'aphasie ou bien suis-je hémiplégique ? Le diagnostic du médecin est assez vague et contradictoire. Je ne parlerai probablement plus ou bien pourrais-je un jour à force de volonté prononcer quelques mots. J'ai tendance à laisser de côté les « pronostics » du médecin et à garder mes réflexions pour moi. Le silence présente bien des avantages, lorsque les mots se taisent, les autres s'imaginent qu'on est sourd ou déficient mental et ils offrent rapidement le spectacle de leurs propres limites.

C'est vrai, je ne parle pas autant que je pense, j'essaye de ne prêter attention à rien ni à la date ni au mois, mais les alamandas en fleurs du jardin me rappellent que c'est Noël bientôt.

Je suis désormais d'un côté de la nuit et capable d'en faire le récit. Je suis peut-être encore en vie, bien que je n'en ressente aucun signe. N'est-ce pas le mal que j'ai vu, mais simplement le cheminement de tous les cœurs lorsque la peur a arraché la pellicule des aimables renoncements ? Car Noël est un triste et sombre anniversaire et cette nuit marque l'obscur centre de mon existence, le moment où la cassure s'est arrêtée et où ma longue descente vertigineuse a commencé.

Le jardin semble toujours merveilleux. Quelle douce lumière que celle du matin, mais il y a des bestioles qui rampent sous le toit de la véranda, des rats palmistes ou autres que vous ne remarquez que dans l'obscurité. Ils m'espionnent de leurs petits yeux brillants jusqu'à ce que je perde la tête et me mette à crier : « mais enfin, arrêtez, arrêtez ! »

— Jessy, vous avez renversé votre thé dit Joséphine en se penchant et en ramassant la tasse tombée sur le carrelage. Elle n'est pas cassée, juste ébréchée.

12

La lagune qui emporte

Joséphine n'oublie pas la proposition du médecin de Jessy. Cet après-midi-là, elle respire à fond l'air parfumé des fleurs illuminant le jardin en pensant à la confiance qu'elle suscite et s'échappe heureuse par le portail du domaine. La piste se dessine fidèle à son ruban blanc brillant, dont le sable crissant émet des scintillements à chacun de ses pas. À cette heure, le ciel n'est qu'une boule de soleil et les oiseaux lancent leurs derniers chants, avant de s'assoupir à l'ombre des grands arbres.

Devant elle, marche un vieillard courbé, qui s'appuie sur un bâton, les cheveux blancs, une couverture sur les épaules. Derrière lui, des bambins gazouillent chargés de marmites et de machettes. Ils se rendent sûrement vers ce champ de maïs là-bas où toutes les couleurs de la terre prennent une teinte d'or profond. Un troupeau de chèvres aux yeux d'ambre la dévisage intensément et puis, plus elle se rapproche de Tabou et de la mission, elle croise comme d'habitude des petits groupes de femmes vêtues de couleurs vives, bavardant avec animation, le visage souriant et excité de curiosité. Joséphine leur rend leur sourire, enchantée par ces instantanés de vie, savourant sa promenade en solitaire parmi les délices de la nature et malgré la chaleur torride.

Et puis, happée par la foule, les cris, les bruits qui fusent de part et d'autre de l'esplanade, elle se retrouve sous la grande tente installée à cette occasion et qui ne désemplit guère durant l'après-midi.

Le docteur, Paul Meilland, s'occupe des hommes avec un aide-infirmier et sœur Zoéline reçoit les dames noires et leurs poupons. Et chacun d'exposer son cas, ses misères ; dysenterie ou fièvre, blessures diverses, hernies. Sœur Zoéline soigne, vaccine et le médecin malgré sa jeunesse est entouré d'une reconnaissance sans borne, qui ressemble à de la vénération.

Il lève parfois les yeux et sourit lorsqu'il aperçoit Joséphine. Cet homme aime son métier. L'après-midi passe à une vitesse incroyable parmi les vagissements des bébés, les cris de leurs mères inquiètes, la voix forte, autoritaire, mais rassurante de la religieuse.

Joséphine est partout à la fois, aidant, portant et consolant les bébés. Elle rassure leurs mamans, tout en écoutant les conseils de cette femme dévouée qui ne se lasse jamais de répéter, d'informer et de transmettre l'âme de ce pays. Et puis comme une envolée de moineaux, ce sont les petites orphelines de la mission qui viennent à leur tour, courageusement, tendre leur bras pour l'indispensable vaccin ; là aussi il faut consoler les plus petites, certaines veulent être portées.

Sœur Zoéline impressionne particulièrement, autant par sa douceur que par sa gentillesse. C'est une femme avisée, vigoureuse et dotée d'un solide bon sens.

Comme elle est patiente ! Elle donne aux femmes des cours d'hygiène et de puériculture réussissant à convaincre les mamans africaines d'utiliser les médicaments malgré leur méfiance et leur répulsion. Lorsqu'une mère arrive affolée portant un petit corps ratatiné et recouvert d'une peau terne, l'estomac distendu :

– Il va mourir ! gémit la maman désespérée et découragée.

– Quelle sottise ! gronde sœur Zoéline et elle emporte le petit enfant dans un couffin qu'elle veille jour et nuit en le réalimentant peu à peu jusqu'à ce qu'il devienne assez fort pour repartir avec sa mère. Quant à la maman, elle tremble de joie en prenant l'enfant dans ses bras.

Chaque jour la foule grandit des Africains qui viennent la réclamer ; la courageuse femme en éprouve une grande fierté, mais toujours modeste, elle ne montre rien que sa grande joie de réconforter les plus malheureux.

Quel bonheur, d'être en sa compagnie ! La joie de Joséphine est à son comble, le jour où la sœur lui fait découvrir la magnifique bibliothèque de la Mission. À l'aide de clés, qu'elle garde continuellement dans sa poche, elle ouvre lentement la porte d'une pièce qui jouxte les salles de soins. Au début, Joséphine ne perçoit pas grand-chose, car la pièce est plongée dans l'obscurité.

La religieuse tire un peu sur le coin d'un des rideaux et alors apparaissent adossés au grand mur du fond de la pièce, des centaines de volumes reliés en cuir et gravés à l'or fin. Grâce au rayon de lumière qui s'infiltre de la fenêtre, la salle se colore en une teinte chaude et cuivrée.

Émue, la jeune femme ne peut ni parler, ni bouger, ni tendre la main.

Sœur Zoéline, en la voyant, savoure son effet et la regarde en souriant puis elle s'éclipse retournant à l'immense tâche qui l'attend, car pour elle, les journées ne sont jamais terminées.

– Impressionnée ! dit, une voix connue qui brise un instant le silence, soyez la bienvenue !

Paul Meilland vient d'entrer. Joséphine perdue dans ses méditations ne l'a pas remarqué.

Il lui indique comment chercher dans cette majestueuse source de savoir et lui montre un exemplaire des « *Fleurs du mal* » de Baudelaire, plusieurs livres de Victor Hugo ainsi que des ouvrages datant du 18e siècle. Sur les murs perpendiculaires, derrière d'autres portes en bois précieux, sont rangés des dossiers, des archives traitant des dossiers nationaux : des étudiants, des chercheurs, des hommes de politique, viennent ici pour trouver la pièce originale qui apportera une preuve où étayera une démonstration. Tant de livres qui racontent l'histoire de ce pays, tant d'ouvrages rapportés par les étrangers, les gens de passage, mais aussi des collections de lettres, de photographies, des livres spécialisés des quatre coins du monde. Paul Meilland, désigne la grande table où il travaille et lit chaque fin de soirée après ses visites. Il s'intéresse aux éléphants, de nombreux ouvrages sont ouverts présentent les photos des pachydermes.

— Il y a des drames chaque jour avec les villageois. Les éléphants détruisent les cases, écrasent les enfants en passant. Nous devons pister les troupeaux, suivre leurs mouvements, indiquer au villageois les périodes de passage pour qu'ils ne se trouvent pas sur leur route. Certains pachydermes surgissent dans les plantations, piétinent les récoltes en voulant se nourrir. Le problème vient du changement de leur milieu écologique naturel. Les éléphants cherchent nourriture et rivière.

— Les villageois pourraient construire leurs villages un peu plus loin suggère Joséphine

— Ce n'est pas si facile, car il y a la tradition et puis le trafic est présent. Certains braconniers viennent de loin pour corrompre les chefs en échange de pacotille, c'est toujours de l'alcool qui mine les villageois.

Petit à petit, ils perdent aussi leurs espaces de vie. Toutes ces plantations de café, d'hévéa ne les aident pas. Des entreprises sont venues en repérage, on veut implanter l'hévéa sur des milliers d'hectares, développer la culture du palmier à huile, le cacao, le cola, le coprah. Les villageois n'ont plus d'espace pour cultiver, les éléphants risquent de se frayer des passages dans les cultures de rentes pour aller vers les cultures vivrières dont ils raffolent surtout l'igname, la banane plantain et le manioc.

Ils sont tous énervés en ce moment. Les éléphants comme les hommes.

— C'est lié ? demande Joséphine

— Oui tout est lié.

— Il leur faut bien du manioc, du mil, du riz, de l'igname. Ce sont les femmes qui cultivent.

Joséphine devine la chaude présence des livres, derrière les panneaux de bois ; sa respiration résonne dans la salle studieuse où des spécialistes de littérature l'ont précédé laissant derrière elle tous leurs travaux. Des pensées flottent dans l'air, imprégnées de l'odeur sèche des vieux papiers. Son esprit divague, car les livres peuvent tout lui faire oublier, la transportant dans un monde irréel qu'elle trouve plus envoûtant que la réalité. Elle préfère toujours la vie dans les récits imaginaires et les personnages de roman valent à ses yeux plus que les oiseaux, les plantes, les fleurs, les arbres et les animaux et pourtant elle les aime aussi intensément. Mais les romans sont comme une seconde chance, un espoir infini d'obtenir enfin ce qu'on n'a jamais pu atteindre : une existence passionnée.

Et voilà que soudain, la porte d'un inestimable trésor s'ouvre, que quelqu'un répond et lui propose de venir rêver dans cet univers inespéré. Une chose encore plus étonnante, un poète se charge de l'initier et offre ainsi un puissant stimulus à des désirs somnolents. Joséphine saisit cette opportunité. Au contact de ces livres, du temps passé, sa vie ne peut que se métamorphoser.

C'est avec cet esprit un peu fou qu'elle passe plusieurs fins d'après-midi dans la bibliothèque, et qu'elle y retrouve Paul. Elle a le sentiment étrange de toucher à un talisman. Paul ouvre pour elle de mystérieuses boîtes et parmi les collections originales de lettres anciennes, les correspondances de poètes, les illustrations, les timbres d'origine, les papiers jaunis, bleu pâle ou rose fané la jeune femme a l'impression que la vie palpite encore. Paul raconte les livres, les éléphants, il promet qu'il l'emmènera avec lui les observer, il sort des caissettes qui s'empilent sur les étagères : des papillons magnifiques, des insectes, des herbiers aussi de plantes qu'elle ne connait pas.

Tout ce savoir ! Elle se plonge avec délice s'extasiant sur la découverte d'une fleur de baobab.

Elle sent battre un cœur et circuler le sang.

Paul, malgré ses préoccupations de scientifique qui auraient dû l'éloigner de cet univers littéraire, est fin connaisseur en belles-lettres, il ne se lasse jamais de répondre à ses sollicitations incessantes, à cette soif d'apprendre toujours grandissante.

Sœur Zoéline l'autorise à rapporter des livres au domaine qu'elle dévore le soir sous la moustiquaire ou réfugiée au fond du jardin, elle s'enferme dans un labyrinthe enchanté avec ses ombres et ses recoins se dérobant aux regards.

Peu à peu, au-delà des livres, une émotion plus grande encore filtre au feuillage : c'est un autre sentiment, troublant et curieux qui l'envahit et qu'elle croit garder comme un secret bien caché au fond d'elle-même.

Christie, s'interroge aussi depuis un moment :

– Joséphine, ce que tu es gaie et enthousiaste lorsque tu me parles du docteur Paul Meilland ! La jeune fille rougit n'étant pas certaine de ce qui lui arrive, à la fois troublée et égarée en même temps.

Alors, Chris l'attire à elle, l'entoure de ses bras et explique :

— Tu as bientôt 17 ans. C'est normal d'être amoureuse. Méfie-toi simplement des hommes qui circulent sur cette terre et qui sillonnent le pays. Certains ne verront que ton charme et je ne veux pas que tu souffres comme j'ai tant souffert moi-même.

— Raconte-moi insiste la jeune fille câline et curieuse.

Christie se tait.

Elle soupire puis finit par avouer :

— J'ai juste vécu une aventure qui s'est mal terminée, mon père est américain, ma mère française, chaque année nous allions en France dans ma famille maternelle, j'ai rencontré un jeune homme pendant les vacances. J'ai cédé à ses avances, il voulait se marier tout de suite, je l'ai surpris une semaine après dans les bras et le lit d'une cousine.

C'était un bon parti, mais quel mufle ! Grâce à Dieu, j'ai rompu aussitôt. J'ai souffert, j'avais des sentiments, mais j'aurais fait la bêtise de ma vie. J'ai préféré poursuivre mes études malgré la non-autorisation de mon père, je suis repartie en Amérique. J'ai eu une autre aventure qui ne s'est pas mieux passée, les hommes obtiennent de toi le meilleur, puis ils t'abandonnent lâchement une fois ce qu'ils ont eu ! Les femmes un peu trop belles sont l'objet de désir, seulement des instruments entre leurs mains qu'ils manipulent selon leur envie. Tous ne sont pas ainsi, heureusement, trop souvent les femmes sont bafouées. Grâce à Dieu, je n'ai pas eu d'enfant !

Je n'ai pas envie de revivre une telle histoire. C'est tout. Pour l'instant je préfère ma liberté et mon indépendance. Joséphine renchérit d'une petite voix :

— Je ne veux jamais te quitter Chris, je t'aime trop !

— Moi aussi, je t'aime, rassure la jeune femme, les larmes aux yeux. Elle savait au fond d'elle-même que ce jour arriverait. Un pincement au cœur la saisit, éprouvait-elle d'autres sentiments plus passionnés encore pour Joséphine ? Elle l'avait protégée, caressée, elle avait massé son corps, l'avait embrassée, elle avait goûté ses larmes et ses lèvres plus qu'il n'en fallait. Elle aurait souhaité la retenir, l'empêcher de partir.

Joséphine, plusieurs fois, l'avait étourdie, sans que la toute jeune fille le sache vraiment. Elle avait perdu le contrôle d'elle-même, tellement l'ivresse qu'elle éprouvait à ses côtés était forte et, dès qu'elle l'avait vue, la toute première fois, perdue comme un oiseau blessé, ces sentiments n'avaient pas cessé de grandir.

En avait-elle le droit ? Comme un murmure elle lui souffla :

— Tu es si jeune, tu découvriras un amour différent, tu te marieras peut-être et tu auras des enfants. Ne le souhaiterais-tu pas ?

— Je ne sais pas Chris, pour l'instant, je ne veux pas y penser, marmonne la jeune fille en faisant la moue.

— Joséphine, poursuit Chris de son calme et de son

assurance habituelle, je ne serais peut-être pas toujours là. Pour l'instant, nous avons cette grande chance que mon agence se développe avec la ville de Tabou qui ne cesse de grandir, mais si la France me rappelle je serais obligée de rentrer à cause de mon métier.

Et mon Dieu ! Je ne sais pas non plus si je pourrais supporter de te laisser toute seule, tu es tellement vulnérable et fragile. On trouvera une solution et si ça devait arriver, je ne t'abandonnerais jamais. En ce qui concerne Paul Meilland, il est charmant, jeune, cultivé, mais ne lui donne pas tout, s'il te fait des propositions.

– Préserve-toi des amours passionnés, tu sais cela fait souffrir terriblement.

Joséphine ne comprend pas ce que dit Christie. Elle aime la jeune femme de toute son âme et de tout son cœur, elle voudrait que cette tendresse-là ne cesse pas, elle souhaiterait ne jamais quitter ce havre de paix et de douceur que son amie lui offre et lorsqu'elle pose sa tête dans le creux de son épaule et que Chris la câline, c'est alors le plus merveilleux des bonheurs.

Elle couvre Chris de baisers, lui promettant de faire attention, de l'écouter attentivement comme toujours, comme une maman, une grande sœur qu'elle est devenue, mais elle l'aime plus encore que cela. Elle en est certaine. Pourquoi cet autre étrange sentiment qu'elle ne peut définir la bouleverse complètement ?

Chris ne peut s'empêcher de l'embrasser. Elle aimerait lui offrir plus encore, ses mains s'attardent sur le corsage de Joséphine. Elle ne peut résister à la douceur de sa peau.

Joséphine se laisse faire. Elle retient son souffle. Elle voudrait que Chris soit Paul.

Chris soupire, s'attarde un peu plus que d'habitude, son visage embrasse un peu partout le corps de Joséphine frémissant d'aise. Soudain, Chris explose en larmes, le visage enfoui dans le cou de son amie.

– Non, Joséphine, nous ne pouvons pas, je ne peux pas t'aimer ainsi, je voudrais chaque instant vivre cette passion avec toi, mais nous allons souffrir.

– Pourquoi puisque nous nous aimons.

– Non, tu ne peux m'aimer ainsi, je te le défends.

– Mais tu en as envie ?

Chris regarde Joséphine dans les yeux. Une larme perle et roule sur ses joues.

– Nos vies seraient détruites à jamais, que diraient les gens, les mauvaises langues, je perdrais mon travail et toi le tien aussi. Nous ne pourrons rien garder de secret, tu es trop fragile, trop jeune.

Joséphine, à moitié déshabillée, embrasse son amie, essaye de la consoler comme elle peut. Elle n'ose pas prendre des initiatives. Juste, elle l'embrasse sur les lèvres plus que d'habitude, pour la rassurer et que rien ne changera malgré tout.

– Chris ne refuse pas ce baiser différent. Chris sent que Joséphine céderait à un amour passionné bien plus grand que leurs caresses habituelles. Cela lui est insupportable. Elle se lève et fait mine d'aller travailler sur son prochain article. De temps en temps, elle regarde Joséphine l'air sombre, inquiet puis replonge dans ses écrits.

Joséphine s'allonge à moitié nue sur le lit. Elle ferme les yeux. Son corps invite, s'offre confiant. Dort-elle ? Chris l'observe un long moment, elle ne veut pas qu'elle souffre à cause d'elle. Elle voudrait la retenir le plus longtemps possible, mais elle ne le peut. Joséphine est trop avide d'amour. Si on l'aime, elle aimera le premier venu. N'importe qui, pourvu qu'on l'aime. J'aurais tant voulu la protéger se dit Chris. J'aurais tant voulu la garder ainsi pure et entière. La vie est cruelle.

Chris revient, s'allonge près d'elle, pose sa joue sur la joue de son amie. Joséphine se blottit contre elle. La jeune fille soupire, s'endort le sourire aux lèvres. Au réveil, elles sont toutes les deux enlacées comme d'habitude.

Chris sourit, tristement.

– Non, Joséphine, il ne faut plus.

Joséphine ne comprend pas tout. Lorsque Chris est présente, tout semble normal, équilibré. Lorsqu'elle s'éloigne d'elle pour son travail ou en semaine et qu'elle la côtoie moins, une impression de vide grandit soudainement au plus profond d'elle ; un abandon total et une souffrance que le travail, ses livres comblent en partie, certes, mais qui n'est pas suffisant.

La présence du jeune médecin lui fait oublier un instant ce chaos et ce gouffre dans lequel sa fragilité prend vie.

Avec ses yeux clairs, son air doux et tendre, Paul

exerce sur elle un charme énigmatique. Devant lui, sans défense, elle ne sent même plus la fraîcheur que le soir apporte.

Leur conversation limitée à la littérature ou aux sujets scientifiques est soudain tombée sans que l'un ou l'autre tente de la relancer. Dans la bibliothèque, le silence les enveloppe. Un silence qui ne pèse pas.

Paul, murmure soudain :

– J'ai un désir fou de vous prendre dans mes bras.

Un enivrement de sensation aussitôt envahit Joséphine, comme si le temps semble suspendu à cet instant de bonheur trop grand. Le monde autour d'eux n'a plus d'importance, elle est seule avec lui comme sur le pont d'un bateau au large d'une petite ville assoupie.

À quelques kilomètres de Tabou, loin de ces cases blanches, de l'autre côté de la lagune, Joséphine a dix-sept ans, elle s'offre au soleil dans le bonheur qui est toujours le sien lorsqu'il brûle au zénith. Un homme en chemise blanche, pieds nus, la contemple de ses yeux d'azur. À l'heure de la sieste, une grande paix, un grand silence s'installent.

Rien que le bruit de l'eau.

Et puis cette respiration profonde qui approche d'elle, cette respiration amoureuse.

L'homme la caresse.

C'est un peu plus rude qu'avec Chris. Il sait trouver le chemin. Il ose aller plus loin. Joséphine ne bouge pas. Il lui murmure des mots d'amour, qu'elle est la plus jolie fille du monde, qu'il va lui faire un enfant, l'épouser, que ce n'est pas possible autrement... Joséphine étonnée par tant de gentillesse, de sincérité, se laisse faire. Un enfant ? Elle ne sait pas...

Ses caresses la happent tout entière.

Le plaisir trouve des échos voluptueux, dans les vagues et les remous dont la rumeur proche est troublée par le bruit des feuilles froissées par le vent. Joséphine s'abandonne à cet âge où l'on ne sait pas encore que le destin peut être injuste et cruel.

La lagune la soulève, l'engloutit.

La lagune l'emporte avec un mélange de force et de douceur qu'elle ne connaîtra plus. Il est son tout premier amour.

Un amour qui la laisserait orpheline un jour.

13

La Baie des Sirènes

« La Malaguette » étincelle, au loin, de toute sa blancheur. Alexander, ouvre grand ses yeux encore une fois, sur ce paysage inondé de chaleur, violent et décharné. Il se fraye un chemin, parmi les hautes pousses, les broussailles et les rochers polis par le soleil et le vent qui a parcouru tant de kilomètres dans la brousse, avec sous ses pieds cette terre rouge et dense. Comme c'est agréable, cette randonnée sur son exploitation qui s'étend presque à l'infini.

Tout n'est pas cultivé comme il l'aurait voulu et il y a tant de parcelles qui s'étendent jusqu'aux lagunes, que c'est tout simplement impossible. Au loin, si l'on poursuit le chemin, on arrive à l'embouchure de la Néro où les pêcheurs jettent leurs filets. À travers les palmeraies, il aperçoit les plages qui se succèdent une à une : la plage du Python, celle de Monogaga, et la plage de Bowé. Ici, c'est peut-être déjà la Baie des Sirènes, près du village de Grand Béréby. Plus loin, de l'autre côté de Tabou, le fleuve Cavally s'étend puissant et large, en séparation et frontière naturelle avec le Libéria. La grande silhouette d'Alexander qui marche d'un pas vif, se rapproche du rivage et le décor idyllique du littoral le saisit comme à chaque fois, lorsqu'il vient se promener ici.

La beauté du sable, le calme des eaux, les falaises couvertes de palmeraies entrecoupées de petits villages disposés çà et là, lui font presque perdre la tête. Alexander s'étend sur la plage recouverte par endroits de plantes rampantes aux larges feuilles vertes. À ses pieds, des pervenches mauves et blanches s'épanouissent de tous leurs pétales éclatants. Face au grand océan, il compte les années de sa vie passée à travailler. Il est jeune encore, mais ses tempes légèrement grisonnantes lui rappellent les nombreuses saisons de cette terre riche, de cette eau, de cet air qui se respire comme un défi, qu'il fut chaud humide ou vif.

Alexander d'un seul coup se lève, ôte ses vêtements, rit très fort, et plonge dans la mer en pensant :

« Tous les hommes du monde ont ressenti ce que je ressens maintenant, non il n'est rien que je ne puisse devenir, rien que je ne puisse faire. Je contiens le monde entier, je fais ce que je veux. Si je le décide, je peux changer tout ce qui va arriver : cela dépend de moi et de ce que je veux décider maintenant. »

Alexander ne croit pas au destin, il croit en la force, en la vérité, au courage. C'est ça le bonheur tout simplement, c'est le choix de la liberté, le droit de choisir et à ce moment-là, Alexander heureux, se met à chanter à gorge déployée et l'écho va se perdre de l'autre côté des cocotiers. Il se tait pour écouter.

Le mugissement des vagues lui répond. C'est exactement lui, il chante s'il le veut. Le monde doit lui répondre. Ses pensées le submergent alors, il reprend sa chanson à tue-tête jusqu'à ce que la plage soit envahie de voix douces qui se brisent sur les rochers, s'enroulent sur les lianes et les palmes et s'évaporent au-dessus de la brousse.

Et puis, il lui semble qu'il entend une nouvelle voix.

L'homme est étonné, il se surprend à écouter, à attendre. Voilà que cela résonne comme du fond de la mer ou du fond des terres et que cela recommence, comme une clameur.

La côte est peuplée de Kroumen, de marins pêcheurs et de dockers, autrefois agriculteurs dans les terres. Ils étaient venus de l'ouest et conservaient de mystérieuses et passionnantes traditions.

Ici l'histoire est très riche ; les Kroumen allaient autrefois sur leurs pirogues à la rencontre des navigateurs portugais, anglais et français venus fonder les comptoirs de commerce et de traite négrière. Ils étaient déjà en place entre le cap de Palmes et Lahou sur la Côte de Guinée. Les habitants de ces cités sont des courtiers réputés entre les traitants Européens dont les navires mouillent au large de Sassandra, les Magwé et les Wè qui habitent l'arrière-pays que les Néyo atteignaient en remontant le fleuve Sassandra. L'ivoire et les captifs étaient recherchés contre le sel marin, les tissus, les objets de cuivre, les fusils et la poudre. Ils firent de San-Andréa (Sassandra) une place de la traite négrière. Lôkhoda tel est le nom par lequel ce peuple désignait leur pays, ce qui se traduit littéralement par lô = les éléphants, ko = sont et da = là.

C'est-à-dire « Les éléphants sont là » ou « le pays des éléphants ». Le nom Lôkhoda est à l'origine de la dénomination de la colonie française créée en 1893. En effet, c'est la traduction déformée du nom indigène Lôkhoda qui donnera les noms de Côte des Dents.

La mer, inlassablement reprend sa mélopée et Alexander affronte les rouleaux des vagues cabotines qui viennent ensuite se fracasser et déverser sur le sable bouillant, l'écume de leur fureur.

Les Kroumen chantaient sur leur pirogue, allant au-devant des équipages : ils les conduisaient aussi dans l'intérieur du pays à la recherche de cette plante rare la malaguette ou maniguette, la graine du Paradis ou poivre de Guinée qui, distribuée sur les tables européennes parfumait délicieusement les plats et envoûtait de son odeur de cardamome.

Les peuples des lagunes pénétraient les terres tout le long de la Côte de Guinée, le long de la Côte des Graines, de la Côte de l'Or et de la Côte des Dents à la recherche de la précieuse épice et de l'ivoire des éléphants nombreux dans cette région. Surtout, ils allaient à la recherche des femmes, des hommes, et des enfants vendus comme esclave, ils devenaient ainsi les auxiliaires des commerçants européens.

Puis, enrichis et craints, les Kroumen devinrent propriétaires des terres faisant travailler dans leurs plantations de café et de cacao et sur les parcelles forestières toute une population étrangère et émigrée du Nord ; la colonisation favorisant l'émergence de ces petits planteurs, tout en maintenant les grands propriétaires blancs. Les allochtones devinrent plus nombreux et entrèrent en concurrence avec les autochtones ; la révolte gronda.

Depuis peu de temps, un jeune rebelle avait pris la tête de la contestation. Des grèves éclatèrent et peu à peu l'abolition du travail forcé fut acceptée sur toute la Côte des Dents. Personnage respecté et écouté, il fut adopté par tous, organisa une stratégie de coopération avec le gouvernement français qui devait mener le peuple vers l'indépendance. Le chant de la mer clame encore plus fort, car les peuples Krou dont on se méfiait depuis toujours furent exclus des négociations. Grèves, révoltes, la campagne était sillonnée par des petits groupes rebelles, pillant et dévastant les plantations.

Les terres d'Alexander n'avaient pas, jusqu'à présent, été la cible des autochtones, car il avait acquis une solide réputation, permettant à de nombreuses familles de vivre, mais le ton changeait, il fallait faire avec et si le pays accédait à l'indépendance, il perdrait son poste de gouverneur. Que ferait-il, ensuite ? Que deviendrait la Malaguette, son domaine tant aimé !

Épuisé, Alexander sort en titubant de l'eau mugissante et s'effondre sur le sable chaud. La chaleur totalement insupportable l'épuise. Le soleil antique lui brûle les yeux et son visage de cuivre étincelle, tandis qu'il réfléchit et divague dans l'immobilité :

– Non ! Il ne peut pas rejeter son pays ni les événements qui s'y passent avec un simple sourire et en se disant douloureusement : je n'y peux rien, je suis aussi une victime !

Et voici que, cela recommence. Dans le profond silence qui détient son passé et son avenir, il perçoit comme une plainte, un appel répété. Est-ce le chant des sirènes ? La baie est trop belle pour que la réalité l'emporte et l'histoire trop forte. Alexander soulève légèrement la tête.

À la limite des arbres, il scrute les alentours et puis soudain il l'aperçoit qui s'avance vers lui. Il secoue la tête comme s'il ne peut pas en croire ses yeux. Là, devant lui, une silhouette de rêve.

— C'est vous ? vous êtes... Et les mots meurent sur ses lèvres.

— Monsieur, je vous ai suivi pour vous parler de Jessy, mais je me suis perdue. Je ne suis pas seule, car je viens de retrouver Christie sur le chemin de la cocoteraie, mais elle prend des photos un peu plus loin. Elle a remarqué une végétation particulière ici, et l'odeur est délicieuse.

— Inconscientes ! Ne savez-vous pas que le peuple Krou est en colère et qu'il ne faut pas s'aventurer sur leurs terres en ce moment. Mais, subitement, Alexander vacille et s'effondre sur la plage tremblant de tout son corps, en proie à une fièvre tropicale.

— Monsieur ! Joséphine se précipite vers lui en essayant de l'aider. Avec son mouchoir elle éponge son front.

— Jo ! Jo ! Quelle femme éblouissante ! Comme je voudrais faire votre portrait. Venez ce soir, rejoignez-moi dans la cabane au fond du jardin. Je ferai de vous une reine, vous êtes une reine !

— Monsieur, je vous en prie, vous avez de la fièvre je crois, essayez de vous relever si vous le pouvez.

De toutes ses forces, il tente, mais il ne peut que s'effondrer à nouveau et enfouissant sa tête sur les genoux de la jeune femme, il gémit :

— J'aime ma femme, Joséphine, je l'aime, je ne supporte plus ses silences à mon égard, je ne supporte plus son indifférence, je ne supporte plus sa maladie.

Tandis que la jeune femme retient son souffle, saisie de crainte et de tendresse à la fois, des soubresauts agitent son grand corps d'homme fort, abandonné soudainement, à la souffrance et au doute.

Puis il se dégage, se relève. Étrangement, Joséphine n'a plus de force dans les bras quand il propose sa main pour l'aider à se relever à son tour. Devant elle, Alexander tremble de la tête aux pieds. Sans la regarder, il dit :

— Laissez-moi maintenant, vous me faites perdre la tête… venez demain, nous parlerons de Jessy ou plutôt accompagnez-moi pendant ma promenade à cheval. Je dois parcourir le domaine, je monte sur les terres du voisin qui est un ami. Je vous attends à l'aube, le haras est à deux pas, vous demanderez à Mara le chemin, ne vous perdez pas encore ce n'est pas le moment, le pays n'est pas sûr.

Joséphine serre les poings et l'affronte en le regardant droit dans les yeux. Elle ne sait si c'est parce que l'émail bleu de ses yeux a des lueurs pourpres ou parce qu'il sourit, mais elle se met à frissonner.

— Mais je…

— Vous voulez dire que vous ne savez pas monter à cheval, ma belle ?

— Je ne sais pas monter, Monsieur.

— Et bien il est grand temps que vous appreniez, il est grand temps que je m'occupe de vous !

Et il disparaît aussitôt, dans la végétation, en reprenant la direction de chez lui.

Christie, la mine enjouée se rapproche, heureuse :

— Regarde, Joséphine, la découverte que je viens de faire ! Elle montre une délicieuse fleur mauve pâle, aux longues feuilles étroites et dont le moindre frôlement, diffuse une odeur délicate, mais puissante. Elle est accompagnée d'un fruit jaune tacheté de rouge orangé, brillant et pulpeux, contenant des centaines de graines.

— Graines et semences de Paradis, Malaguette, Poivre de Guinée, c'est une épice que l'on dit aphrodisiaque. Il y en a une multitude qui pousse dans les sous-bois. Peut-être que c'est pour cette raison que ce lieu magnifique s'appelle « *La Baie des Sirènes* ». Son odeur devait envoûter les marins qui débarquaient. Quel endroit sublime ! dit la jeune femme émerveillée par la nature dont elle ne se lasse jamais.

— « *La Malaguette* », c'est le nom du domaine de Monsieur Feissole ajoute Joséphine songeuse !

— Oui, cela ne m'étonne pas dit Chris, tous les sous-bois en sont envahis par ici ! Quelle chance d'avoir découvert cet endroit ! La promenade s'éternise, mais

Joséphine est profondément troublée, alors elle passe le reste de l'après-midi et de la soirée avec Chris, mais des frissonnements la saisissent de temps en temps.

La jeune femme pense à Paul, elle l'aime, mais que dirait-il s'il découvrait qu'elle accompagne Alexander pendant sa promenade à cheval ! Oh ! Et puis après tout ce n'est que pour s'entretenir de la santé de Jessy et elle oublie ses craintes. La douce évocation de Paul la fait sourire et la rassure, elle va le revoir à la fin de la semaine, quel bonheur intense !

Le lendemain matin, le haras apparaît, blanc et bleu dans la lumière de l'aube. Alexander est là debout qui l'attend, vêtu de son éternelle veste et piaffant d'impatience derrière les massifs de fleurs. Joséphine inspire intensément, l'odeur lourde des ipomées lui donne du courage pour aller à la rencontre du gouverneur qui retient la longe des chevaux. Des mouches somnolentes bourdonnent contre les vitres des box provoquant quelques hennissements agacés et impatients. Au loin, un hylochère s'enfonce dans les sous-bois provoquant les cris de plusieurs singes en alerte !

– C'est la première fois que vous allez monter, suivez bien mes consignes ordonne-t-il d'une voix ferme en approchant d'elle son trotteur alezan.

Voilà, mettez un pied ici ! dit-il en lui indiquant les étriers. Et, maintenant, vous prenez de l'élan. Vous êtes agile, vous apprendrez vite. Je vais m'installer derrière vous.

Sa voix inspire une crainte profonde. Quand Joséphine le sent assis derrière elle, les rênes à la main elle se découvre prise au piège et prisonnière.

– Mais qu'est-ce que je fais ici ! se dit la jeune fille. Pourquoi, je n'écoute pas Chris qui est sage et réfléchie ? Qu'est-ce que je fabrique avec cet homme beaucoup plus âgé que moi ? La colère monte en elle, ses muscles se crispent, mais il est trop tard !

Giflée par le vent, brûlée par le soleil, secouée de droite et de gauche dans cette immensité vue de haut, étourdie par les secousses incessantes, le cœur de la jeune fille se soulève et sa tête la fait affreusement souffrir. Elle s'agrippe désespérément aux bras de cet homme, pétrifiée par la peur de tomber et d'être piétinée par le cheval fougueux.

Joséphine s'appuie, forcée contre lui, avec son dos, car Alexander lui fait comprendre qu'il a besoin de ses deux mains pour conduire les rênes. Le cheval galope dans la poussière, le thorax du cavalier dégage une chaleur particulière. L'apprentie cavalière n'arrive pas à ouvrir les yeux. De frayeur, elle ne peut plus parler et peu à peu elle tressaille, gênée, en sentant la sueur envahir son dos collant à sa chemise. Elle ne dit plus un mot jusqu'à ce que le cheval s'arrête et que son professeur l'aide à descendre de la monture.

– En un éclair, la taille entre ses mains puissantes, étourdie et honteuse elle se retrouve sur la terre ferme chancelante et déséquilibrée ayant du mal à retrouver son souffle.

– Il ne faut pas avoir peur des chevaux comme ça !

En riant, il repart en souriant et crie :

– À demain !

Joséphine rentre au domaine. Elle est énervée, en colère contre elle-même, se détestant et haïssant la terre entière, elle se jette sur son lit, accablée. Même allongée, elle tremble. Mais qu'est-ce qui la bouleverse ainsi : la force de cet homme ou son regard perçant. La haine ou bien la peur d'autre chose. Le passé ressurgit d'un seul coup. Doit-elle l'affronter ou prendre la fuite pendant qu'il est encore temps ? Son cœur bat très fort. Elle ôte ses habits trempés, son corps est envahi de nausées. Joséphine ferme les yeux, elle se revoit petite fille avec cet autre personnage qui la hante. Anéantie d'un seul coup et brisée, que peut-elle faire ? Paul l'aime et elle partage les mêmes sentiments. Paul dit ne pas vouloir la quitter et l'épouser.

D'ailleurs, n'est-il pas en train de prolonger son séjour en Afrique pour elle ? Chris est près d'elle également. Qu'a-t-elle donc à craindre, d'un seul coup ? Mais, aime-t-elle vraiment le jeune médecin ? Il lui offre son cœur empli d'affection, de délicatesse, elle y répond découvrant un chemin qu'elle n'imagine même pas être possible, mais elle n'a pas ressenti l'immense paix et sérénité qu'elle partage avec son amie. Est-elle vraiment faite pour aimer les hommes ? L'angoisse la reprend. Joséphine a peur. La peur de toute son enfance est là. À nouveau.

Ça hurle à l'intérieur de Joséphine, mais laisser éclater sa fureur, elle ne peut pas. La fureur contre la mère qui avait peur. Contre le père.

Le lendemain, pleine de doute, après une nuit de

cauchemars et de délires la jeune fille décide d'affronter Alexander et accepte sa nouvelle invitation équestre.

Cette fois, ils prennent en silence la direction de la Baie des Sirènes qui n'est finalement pas si loin de la Malaguette. Joséphine suit, sur un autre cheval qui semble docile. La plage immense lui apparaît plus belle encore, car le soleil vient juste de se lever et elle n'a jamais vu de paysage comme celui-ci.

Elle peut descendre seule cette fois et tout en attachant les chevaux à quelques bambous qui croissent dans les sous-bois, Alexander demande :

– Mais pourquoi trembles-tu comme ça, nous ne sommes plus à cheval ?

– Monsieur, nous devions parler de Jessy arrive-t-elle à murmurer dans un imperceptible souffle, étonnée par ce tutoiement soudain, qui enflamme ses deux joues.

Il s'approche en riant et lui prend les mains. La frayeur fait lever les bras à la jeune fille et inconsciemment, elle protège son visage comme pour esquiver un coup. Alexander est attristé par ce geste impulsif et il reprend doucement :

– Que crois-tu Joséphine ? Tu es belle et je sais que tu désires la même chose que moi, le sais-tu au moins ?

Ces paroles viennent la heurter, mais la vérité de ces mots la foudroie. Elle qui croit que les tremblements sont de la haine. Il lui faut fuir. Jamais elle n'a éprouvé cette rage qui se déchaîne en elle, montant de part et d'autre, à l'intérieur de son corps. Ses jambes paralysées se dérobent sous elle et elle ne peut que serrer ses poings très forts. Dans un ultime effort, elle essaye de le frapper de toutes ses forces. Il la laisse faire jusqu'à ce qu'elle s'effondre dans ses bras immobiles, en sanglotent et balbutiant des mots qu'elle ne comprend même pas !

Avant même qu'elle n'ouvre la bouche pour parler à nouveau, il l'enlace. Ses lèvres cherchent les siennes, l'insèrent en une étreinte folle essayant d'effacer les larmes du doux visage de cet être que le destin a décidé aujourd'hui de mettre sur son chemin. Alexander entrevoit un instant la séduisante femme qui habite ce cœur affolé. Il est irrésistiblement attiré par cette toute jeune fille presque encore une adolescente émouvante et troublée. Il ressent les légers frémissements de son corps comme un signe avant-coureur d'un désir presque fou, et dépose de doux baisers à la base de son cou, remontant ses mèches éparpillées de sa main fébrile.

Tous deux restent un long moment ainsi, Joséphine déversant toute sa mélancolie dans l'échancrure de la chemise du cavalier et lui se grisant de cette fragilité féminine. Puis leurs regards se croisent et presque naturellement leurs lèvres se scellent en un long baiser. Le corps d'Alexander collé au sien lui révèle de bien troublantes sensations trop longtemps négligées.

Joséphine surprise par cette soudaine mouvance, désorientée par ce baiser amoureux imprimant sur son ventre des frissons inconnus s'offre à la bouche gourmande et malgré l'affolement qui l'envahit, une flamme brûlante l'enveloppe comme la soif d'une chute plus grande encore.

Reprenant ses esprits égarés par cette sensualité intense, cherchant à reconquérir une soudaine suprématie, il la soulève, l'allonge sur le sol humide. Leurs corps s'égarent, entrelacés. Le temps s'écoule infini, leurs lèvres ont peine à se quitter.

Joséphine, cet être si fragile, souvent timide, parfois presque renfermée, se sent soudain prise d'une ferveur peu ordinaire.

Elle invite Alexander à lui ôter sa chemisette, découvre ses seins, frissonnants. De ses lèvres il s'attarde, effleurant la jeune poitrine nue. D'une main maladroite, elle essaie avec empressement de défaire les boutons de sa veste. Elle est à moitié nue sous ses mains, il ne se lasse pas de la découvrir. Elle caresse à son tour le corps de cet homme qui semble d'un seul coup fragile, vulnérable.

Immobile, Joséphine ferme les yeux, elle ne connaît pas encore cette fatigue très douce qui empêche de s'endormir et qui maintient éveillée au-dessus du précipice.

Leurs bouches se cherchent pour un baiser plus doux, plus câlin, leurs mains s'étreignent de tendresses enrobées. Son cœur palpite et vacille lorsqu'elle le sent se glisser en elle et cette chaleur si voluptueuse enrobe tout son être et son esprit.

Il aime cette femme qu'elle devient soudain.

Et il lui apprend. Doucement elle le suit dans cette eau profonde pleine de ravissement et de délices. Elle ne pourra jamais oublier.

Pendant des jours et des jours, ils chevauchent côte à côte dans la brousse et la palmeraie. Puis la jeune femme glisse de la selle et il l'enlace. Lui saisissant les mains, il les pose sur lui et les laisse courir sur son buste musclé. Elle entend son souffle qui se fait plus court, ses doigts dans leur folie lui procurent un plaisir intense et ils s'enfoncent tous deux, dans le ravin éblouissant et sans fond de la passion. Les sentiments de la jeune femme pour Alexander grandissent chaque jour.

De son côté, il murmure :

— Tu es comme dans mes rêves, Joséphine, j'ai tellement espéré ce moment, sans jamais trop y croire, tu es faite pour l'amour, le vrai, le puissant. À présent, tu es une vraie femme, tu apprends vite.

— Alexander... j'aime te sentir, te respirer, j'aime...

Incapable de finir sa phrase, elle l'enlace, ferme les yeux et se délecte des nouvelles caresses prodiguées par celui qu'elle a toujours désiré, sans jamais lui avouer de peur de le voir fuir

— Chut, ne dis plus rien ! Écoute nos souffles emmêlés. Ils respirent avec émotion les fragrances épicées de leur corps.

Elle le sait à présent, ils ne se quitteront jamais.

Le galop n'effraie plus Joséphine, mais elle reste prudente pendant les promenades, parfois Alexander la dépasse en riant ou bien ils galopent côte à côte sans rien dire. Joséphine a envie de fuir tellement tout cela lui semble démesuré et insensé, alors elle essaye de s'éloigner de lui, mais l'amour la rattrape. Un jour où la passion amoureuse crie victoire entre eux deux, Alexander s'effondre en pleurant et dit :

– Nous aurons un enfant ensemble Joséphine qui sera l'enfant de l'amour et tu ne me quitteras jamais, car lorsqu'un homme rencontre la femme avec qui il désire vivre et que les corps s'accordent autant que l'âme c'est quelque chose de si rare que nous ne pouvons plus être séparés. Ils ne parlaient pas ni de Jessy, ni de Paul.

Christie seule a droit aux confidences de la jeune femme, elle ne l'approuve qu'à demi, mais, la voyant heureuse et épanouie, elle la laisse faire. Joséphine revient de toute façon toujours à elle, la jeune fille se blottit contre ce cœur qui reçoit ses confidences, comme au premier jour de leur rencontre. Elle aime toujours autant ces instants de tendresse intimes et féminins qui n'appartiennent qu'à elles seules.

Avec Alexander dont elle aime avec fougue, la force et la fragilité, ses talents de peintre, son penchant pour la nature et son caractère incroyable d'homme battant, Joséphine ne peut que se sentir en sécurité. Il lui fait découvrir la vie, un peu plus chaque jour et comme il ressemble à Chris ! Et puis, la jeune fille savoure également la compagnie de Paul, plus jeune, attentionné, plus intellectuel, mais ouvert et dévoué aux autres.

Que de bons moments passés en sa compagnie, que de discussions enflammées, instants particuliers aussi intenses et privilégiés que les silences d'Alexander !

Son existence se déroule ainsi ; elle ne choisit pas

pour le moment, vivant les événements intensément, sans se poser aucune question. Pourquoi les choses auraient-elles dû changer ?

Tout est bien comme cela, elle est faite pour l'amour dans toute sa splendeur, dévouée aux autres dans une ultime offrande du corps et de l'esprit.

C'est sans compter sur le destin se profilant à l'horizon, apportant sa ténébreuse obscurité, ses plaintes languissantes et je ne peux empêcher, à ce moment précis où moi Jasmine j'écris, de retenir les larmes de mes joues quand je songe à la réalité que j'ai toujours sue au plus profond de moi.

La Malaguette referme soudainement sur elle, ses portes d'enchantements éphémères offrant ses gonds grinçants et ses volets battants à la clameur de l'océan.

Aujourd'hui, je me souviens.

Le domaine de la Malaguette n'est plus, seules persistent sur la plage les jolies fleurs et graines de Paradis que les habitants du Golfe de Guinée recueillent encore pour se faire des cataplasmes, réveiller les amants paresseux, parfumer de son odeur délicate de cardamomes, les plats voluptueux…

Et puis, malgré toutes les souffrances, toutes les hérésies, écoutez bien, les sirènes veillent et chantent toujours qu'un homme et une femme se sont tellement aimés qu'ils ne se sépareront jamais et l'on entend encore, le matin à l'aube, leurs soupirs et leurs cris qui résonnent dans la baie.

Jasmine

14

Carnet de route de Christie Baxter
(ordre chronologique décroissant)

Le 7 août 1960, au douzième coup de minuit, devant une Assemblée nationale muette d'émotion, le président prononce les paroles historiques qui scellent le destin de son pays. Retentit alors, pour la première fois l'orchestre de la Garde républicaine. Au-dehors, la foule exulte, et l'on entend tonner au loin le canon, cent un coups qui vont ponctuer les trois discours qui se succèdent.
De sa voix qui s'élève parfois jusqu'à la stridence, il exhorte son pays : « Voici arrivée pour toi, ô mon pays, mon pays bien-aimé, l'heure tant attendue où ton destin t'appartient entièrement. Peuple de mon pays, laisse éclater ta joie… » *Ainsi délivre-t-il à la foule un message de fraternité et d'amour, insistant sur la nécessité de servir la cause de la paix à la fois par l'unité intérieure et par les échanges extérieurs, seuls capables de favoriser la compréhension entre les peuples et d'améliorer la condition matérielle et morale des populations déshéritées. Conscient très tôt de la fragilité des relations entre les différentes communautés de son pays, il exprime ainsi son souci de l'harmonie entre les ethnies et les religions présentes sur le territoire.*

« Armons-nous contre la misère, contre les incompréhensions, mais, de grâce, ne portons aucune arme contre notre prochain, parce que c'est notre frère »

Aux petites heures du matin, une foule immense, qui n'a pas fermé l'œil de la nuit, mais s'est livrée à une fête endiablée au rythme des balafons et des djembés. Le nouveau président de la République va passer les troupes en revue et regarder défiler devant lui les forces vives de la nation. Hommes, femmes, jeunes le saluent avec enthousiasme au milieu de la musique et des drapeaux qui claquent au vent. Dans l'après-midi, le stade Géo André, qui avait accueilli la veille une prière musulmane et une messe catholique solennelle, sera le théâtre de plusieurs spectacles destinés à mettre en valeur les diverses cultures régionales, danseurs de Bouaflé, ballets de Mans, danse panthère des Sénoufos, etc.

Journal du Tribune libre, Christie Baxter, article du 8 août 1960

Malgré l'appel du président « ne portons aucune arme contre notre prochain » certaines ethnies n'ont pas accepté d'avoir été mises à l'écart des négociations politiques de la Côte des Dents. Les peuples Krou ou les Kroumen n'acceptent pas la nouvelle redistribution des terres et se sentent lésés face à la nouvelle bourgeoisie mise en place par l'ethnie du président, de la référence aux droits fonciers traditionnels, à la préséance autochtone, devient le point central de la revendication ethnique ; mieux encore cette idéologie devient l'un des éléments constitutifs de l'ethnicité bété". L'indépendance accroîtra le sentiment de rancœur dès lors que le mot d'ordre gouvernemental est "la terre est à celui qui la cultive....de nombreuses émeutes ont éclaté dans le pays krou ; les habitants incendient des villages, brûlent des plantations et certains propriétaires ont vu leur terre détruite, les grèves n'arrangent rien, car les planteurs ne sont plus rémunérés. Il semble que la situation s'enlise et se détériore.

Journal du **Tribune libre** *Christie Baxter du 12 décembre 1960*

En raison de l'indépendance de la Côte des Dents Monsieur Alexander Feissole gouverneur de la Côte d'Éburnie depuis plus de vingt ans déjà a prononcé un discours de remerciement à ce pays qui lui a tout donné a-t-il dit. Il a rappelé toutes les notions de paix et de fraternité en espérant que ce qui a été déjà construit se poursuive et que soit toujours préservé ce beau pays. Avec beaucoup d'émotion, Monsieur Feissole a évoqué qu'il quitterait notre pays si tel était le vœu du président et qu'il accepterait une nomination où il serait possible d'aller, mais que possédant un domaine et des terres à Tabou il resterait à jamais attaché à ce pays.

Journal de la **Tribune libre** *Christie Baxter du 02 janvier 1955*

Plusieurs contrebandiers d'ivoire arrêtés, un réseau de braconniers démantelé, et des centaines de kilos d'ivoire saisis. Actuellement, c'est une semaine normale sur les marchés de l'ivoire d'éléphants.

Paul Meilland, jeune médecin et scientifique responsable du Programme global pour les éléphants, s'offusque et soulève son indignation contre le trafic des éléphants et dénonce le fait que plusieurs gardes du parc Taï ont été lâchement abattus sans que le gouvernement ne réagisse : « La décision prise en juin dernier par la Conférence afin d'approuver la suspension du commerce de l'ivoire pour une période de neuf ans, ne suffit pas. La demande des consommateurs ne cesse de croître et le commerce intérieur est incontrôlable. Tant que cela ne sera pas résolu, nous ne verrons

pas la fin de ce massacre d'éléphants. »
Les autorités ont saisi 13 défenses d'éléphant, pour un total de 200 kg d'ivoire, représentant la mort de sept pachydermes. Trois suspects ont été arrêtés et sont en attente d'inculpation. La police a arrêté 11 braconniers soupçonnés d'avoir tué 15 éléphants en deux semaines dans le parc national Taï.
« Nous devons tenir compte de l'ampleur de cette question. Le problème ne concerne pas simplement l'Afrique, des incidents précédents ont indiqué que la Chine est la destination la plus courante de l'ivoire illégal. Cet aspect du problème doit être pris en compte et résolu. »

Journal de la **Tribune libre** *du 7 février 1955 de Christie Baxter*

Le jeune Paul Meilland… Connu de tous, dévoué et infatigable, soignant et aidant sans relâche, installé dans la ville de Tabou depuis de nombreuses années a disparu depuis une quinzaine de jours.

Il faisait partie d'une commission s'intéressant à la cause des éléphants dans notre région et était parti pour une expédition avec un groupe de scientifiques. Les dernières nouvelles que l'on a pu obtenir est un message téléphonique envoyé à sa jeune fiancée avant d'embarquer sur les pirogues du fleuve Cavally. La police et le gouvernement mettent tout en place pour organiser des recherches sur le terrain, mais jusqu'à présent plus rien.

Journal du **Tribune libre** *du 15 août 1955*

Christie Baxter rédactrice en chef du Tribune Libre ainsi que l'ensemble des journalistes ont l'immense tristesse de vous annoncer le décès de Paul Meilland 29 ans… jeune médecin réputé, toujours dévoué, souriant… On a retrouvé son corps criblé de balles dans la réserve Taï avec à ses côtés son accompagnateur et son chauffeur qui ont subi le même sort. Paul Meilland passionné d'éthologie, de science, que je connaissais personnellement s'intéressait profondément à ce pays qu'il aimait beaucoup. Une enquête est ouverte, mais il semble qu'il ait été victime des braconniers d'éléphants dont il avait dénoncé le problème plusieurs fois déjà…

Carnet de route du 1ᵉʳ septembre 1955.

Que dois-je écrire de plus, que dois-je vous dire de plus ? Moi la journaliste, passionnée par mon métier, à l'affût de mille renseignements, ce soir je sanglote en écrivant, je hurle et je pleure. Mon cœur saigne non pas pour moi bien sûr, je croyais être forte, je ne le suis pas. Comment pouvoir continuer à me battre, à poursuivre moi cette femme que l'on croit libre et qui ne parle que très peu de mes souffrances. Je dois inlassablement écrire mes articles, passer d'une information à l'autre et quoiqu'il arrive arborer pour vous ce sourire public qui s'affiche en toute occasion. Comment pourrais-je sourire encore lorsque j'ai vu au milieu du feu qui brûlait ma petite Joséphine pieds nus en larmes, affolée d'être huée ainsi par les Kroumen.

Mon Dieu ! Quelle idée lui a encore pris de vagabonder seule vers la plage pendant ces jours d'indépendance si difficiles. Heureusement que je passais par là et je l'ai arrachée en quelque sorte à la foule. Mon Dieu qui sait ce qu'il serait arrivé encore si je ne m'étais pas trouvée là au bon moment ! Seigneur je t'en supplie ôte-moi de la tête ses cris et hurlements insupportables lorsque tu as appris la mort de Paul. Joséphine, je t'ai bercé des nuits entières, je t'ai caressée et rassurée, j'ai déposé sur tes lèvres de doux baisers, je connais ton corps par cœur comme si tu étais mon petit enfant, Joséphine je t'aime comment pourrais-je te le dire encore, mais tu n'écoutes pas, tu veux tout toujours comme si rien ne te satisfaisait jamais. J'ai pleuré avec toi la mort de Paul, il t'aimait plus que tu ne l'aimais toi-même, il n'y avait qu'à voir ce regard ses yeux quand il te dévisageait. Ma petite Joséphine ne pleure plus.

Et ce soir c'est vrai je n'ai pas de réponse… il a fallu en plus que Alexander annonce peut-être son départ pour te faire basculer définitivement dans ce gouffre noir. Je pose ma joue pleine de tendresse sur ce ventre qui s'arrondit un peu plus chaque jour…

15

Novembre rose

Jasmine dort, les paupières closes et les lèvres scellées comme un croissant de lune. Une palme verte se balance au-dessus de la courbe de son front et le dessin de son petit menton chante un accord parfait. Elle sommeille et repose de toute sa candeur dans un petit couffin en osier installé près de la fenêtre.

Mais quand ouvriras-tu les yeux enfin que je puisse voir ton petit visage ? Mais quand pourrais-je déposer un baiser très doux sur ce petit cœur tout neuf, quand pourrais-je étaler à tes pieds toutes les richesses fabuleuses et les terres nouvelles ?

Et puis, j'ai ouvert les yeux sur le visage de l'aube du monde.

Le monde ressemblait à trois paires d'yeux fixés sur moi. Il y avait les yeux apaisant de Mara qui veillait mon sommeil, depuis longtemps déjà, je le savais, car j'avais ressenti sa présence rassurante depuis plusieurs jours. À côté d'elle, un visage enjoué, gai, heureux, elle me tendait déjà ses bras et je fis ainsi la connaissance de Chris qui me parlait et chantait en même temps. Je la fixais intensément et mon regard ne pouvait se détacher d'elle. Elle caressa ma petite main et mes doigts s'agrippèrent à la sienne et je serai aussi fort que je pus. Elle en fut attendrie, longtemps, elle me regarda en souriant.

— Ce qu'elle est éveillée, elle m'observe de ses grands yeux bleus répétait la jeune femme émue. Regarde Joséphine ! Quelle jolie petite fille, tu as.

Et puis, comme attirée par cette troisième personne, mes yeux se détournèrent d'un seul coup vers elle. Joséphine apparaissait frêle, pâle dans une lumière extraordinaire et éblouissante. Une petite bise soufflait emportant avec elle les effluves des résédas. Joséphine vêtue de sa chemise de nuit, pieds nus comme à son habitude à même le carrelage m'observait, elle aussi plus timidement. Les rideaux se soulevèrent et des larmes coulaient abondantes sur ses joues. Puis la fenêtre claqua, les rideaux retombèrent en un soupir et la chambre s'assombrit.

Que se passait-il d'un seul coup. Je te cherchais du regard, je tournais la tête dans tous les sens. Comment se faisait-il que tu n'étais pas près de moi. Et finalement, je me mis à hurler aussi fort que je le pouvais.

— Oh ! Ma petite Jasmine, qu'est-ce qui ne va pas, dit Christie. Et elle me souleva hors du berceau, me déposa dans les bras maladroits de ma mère. Elle a faim sûrement ou elle veut un câlin.

Joséphine me prit contre elle, mais je me tortillais dans tous les sens de douleur, de rage et je pleurais de plus belle.

Je me sentais terrifiée dans ce nouvel espace, j'étais inconsolable. Ils voulaient me faire oublier cet océan de rêve d'où je venais, il fallait que je respire cet air froid qui me faisait mal et surtout, je te cherchais encore et toujours. Non, je n'avais pas oublié, je n'oublierai jamais.

— Pauvre doudou elle a dû faire un mauvais rêve ajouta Mara et elle s'empara de ma petite personne marchant à grandes enjambées dans la pièce, en chantant une berceuse. Je m'enfonçais peu à peu dans le sommeil, le calme semblait revenir, je compris enfin que je ne faisais plus partie de ton corps, mais que quelque chose était arrivé soudainement, brutalement. J'ai essayé plusieurs fois de te retrouver, mais tu ne pouvais pas à ce moment-là, car le choc, l'émotion était trop forte pour toi, tu ne pouvais pas me donner ce que je cherchais désespérément, que j'ai toujours cherché et que je cherche encore.

— Qu'allons-nous faire des petits vêtements bleus et verts répétait Joséphine en sanglotant de plus belle, j'aurais tellement voulu ce petit garçon.

— Mais c'est une petite fille Joséphine qui est ravissante, tu n'auras qu'à lui mettre les habits bleus. Ce n'est pas important, comme ça il sera là lui aussi, rassurait la gentille voix de Christie.

Joséphine rangea les vêtements, les blouses en batiste, les gilets de couleur, les couches en tissu-éponge et les pointes en coton dans les paniers prévus à cet effet, tout en bavardant avec son amie.

Peu à peu, ses larmes séchèrent, elle se blottit contre

Chris comme elle avait l'habitude de le faire à chaque fois que quelque chose n'allait pas ou qu'elle voulait lui faire partager un événement important.

Enfin apaisée, elle s'endormit épuisée contre la jeune femme. Mara revint déposer entre elles deux, le bébé qui semblait dormir paisiblement. Elle entendait les battements de son cœur. La paix les enveloppa comme un nouveau cocon, c'était peut-être après tout un endroit inédit et idéal, juste difficile à pénétrer.

Soudainement, je tressaillis. Ma mémoire de bébé se remit à fonctionner.

La bulle était presque transparente, je pouvais maintenir mon front contre la délicate séparation de cette poche profonde, je sentais déjà de l'autre côté ta bouche, tes yeux, tes oreilles, tes mains bien avant que les miennes ne soient formées. J'entendais de là, les rumeurs du monde, les voix graves et lointaines. Je captais les odeurs fortes et chaudes. Tu te mouvais beaucoup moins que moi, mais j'arrivais à te frôler, à te saisir, j'observais de mes yeux, dans le brouillard, ton petit minois qui promettait d'être adorable et qui étrangement ressemblait au mien.

Nous écoutions ensemble comme un écho qui nous répondait, un autre cœur qui battait plus fort encore à l'unisson de nos deux petites poitrines réglées sur le même rythme.

— Lou, tu respires dans cette chambre peuplée déjà de souvenirs, de victimes et de souffrances. Lou, tu pleures le transfuge de faiblesse à l'heure du sommeil. Lou, tu ne m'entends pas quand je t'entends déjà ;

n'efface pas les pas de mes pères ni les pères de mes pères, seront-ils mes génies protecteurs à jamais perdus sur ces terres pourpres d'Afrique.

Et tandis que je reçois cet interminable gémissement qui appelle et qui crie, qui monte et qui gicle jusqu'à moi sur mes lèvres, le sang chaud de tes entrailles, ballottée et désorientée dans ce soudain raz de marée, j'ai saisi de désespoir ta petite main à travers la fine cloison et je me suis recroquevillée contre toi cherchant un peu d'espoir.

Mais cela n'a pas suffi, alors je me suis défendue, car on a voulu me saisir avec des pinces glacées. Je me suis étranglée, débattue, j'ai tapé des pieds, mais ils m'ont extirpé sans ménagement, ils m'ont tordu le cou à droite et à gauche. Je t'ai serré de toutes mes forces, je ne voulais pas te quitter, toi, mon tout premier compagnon. Et puis mes yeux de prématurée se sont faits vieux, je ne reconnaissais plus rien, j'étais bleue, j'avais froid, j'avais terriblement mal et cette grande douleur a effacé de ma mémoire jusqu'au doux souvenir de ton effleurement premier...

Longtemps, j'ai recherché ton chaud contact, j'ai senti sur ma main cette autre petite main qui me serrait et puis le noir total. Dans cette obscurité insupportable, l'appareil respiratoire résonnait bizarrement et gonflait mes poumons atrophiés. Et puis ce fut l'aube transparente d'un nouveau jour, j'ai ouvert les yeux sur ce petit matin rose de novembre.

– Akwaba Jasmine, bienvenue ma petite !

Mara a accroché une petite poupée en bois, sculptée et bénie par le Babalawo, de sexe masculin qui te représente. C'est ainsi que nos deux âmes sont réunies et que tu me protégeras tout au long de ma vie.

Tu ne quittas jamais mon berceau. Elle fut ensuite accrochée à mon lit à barreaux puis également au-dessus de mon lit de petite fille. Car je suis la première-née et je suis celle que tu as envoyée pour montrer le chemin et te renseigner sur les conditions de vie sur la terre bien que tu choisisses de ne pas me suivre.

Mara, s'inclina devant toi, elle t'aimait déjà beaucoup, mais tu devins alors en plus pour elle, comme une divinité qui a donné la vie à des êtres exceptionnels.

Puis Mara s'inclina aussi devant moi. Pour elle, j'étais une survivante, donc un petit être très fort, doué de pouvoirs surnaturels qu'il ne fallait surtout pas contrarier, j'étais omnisciente et douée d'une double vue. J'étais aussi un bébé, béni des ancêtres, qui choisirait lui-même ses parents et Mara chantait mes louanges de beauté, d'invulnérabilité et d'innocence.

Elle prévoyait pour ma famille, bonheur prospérité et santé.

Amadou, le vieux jardinier fut plus sceptique. Il vint timidement saluer ma naissance, lorsqu'il se pencha, je le fixais intensément de mon œil bleu, il marmonna que j'étais trop petite pour regarder comme ça et que je bougeais trop.

Il montra la touffe de cheveux dorés et affirma que c'était de mauvais augure, que le lien extraordinaire de la gémellité avait été cassé. À cause de cela, je souffrirais toute ma vie du besoin d'être liée à autrui et du besoin d'être indépendante.

L'enfant sera seule et en souffrira beaucoup répétait Amadou en hochant la tête, son âme se perdra chez autrui. Il y a double paternité répétait Amadou, l'enfant est isolée, la mère abandonnée.

Il n'était pas de la même tribu que Mara. Les vieilles croyances le titillaient encore. Étaient-ce des vieilles légendes, des sagesses ancestrales, des évidences ou du bon sens ?

Les bonnes et mauvaises paroles flottaient au-dessus de mon berceau s'éparpillant dans l'air de la pièce comme des mots et des pensées invisibles : l'un et l'autre avaient bien dialogué, résumant les événements à sa façon.

Joséphine se tut alors, elle n'avait plus besoin de mots. Seule sa souffrance éclatait au grand jour et j'étais cette douleur vivante : elle s'enferma dans un très long silence.

16

L'arbre sucré

Ici, sur cette terre de France où j'habite aujourd'hui, je caresse du regard les grands épicéas, arbres de la sagesse, qui marquent le passage de l'année dans nos régions où l'hiver est si rude. Mais voilà que la belle saison apporte soudainement son bouleversement, fleurissent les sorbiers, l'aubépine, les noisetiers, les poiriers et les cerisiers offrant leurs ramages aux oiseaux enivrés du printemps qui arrive.

Du petit chemin qui serpente à travers la campagne, mon regard embrase d'un clin d'œil tout le paysage, je reçois comme un présent toutes ces merveilles que m'offre la nature.

Je m'assois à même l'herbe, je m'appuie contre un beau hêtre ; ici, l'on dit que sa floraison au premier mai est signe de prospérité et que si l'on vient s'asseoir sous ses branches tous les souhaits seront exaucés.

Je ferme un instant les yeux et des larmes peu à peu perlent mes paupières. Le hêtre, aurait-il ressenti mon trouble. Je suis triste. Je pense à Mara. Comme elle me manque ! Je pense aussi à cet autre arbre qui a beaucoup compté dans ma petite enfance et que je ne reverrais jamais plus, car il n'existe qu'au tréfonds de mon cœur et dans mes pensées.

Une bise tiède venue de l'immensité là-bas m'enveloppe, soudain, j'entends au loin comme une mélodie réconfortante :

— « *Mama eh Yaka eh Mwana azali kolela libele ya komela* » Maman vient, l'enfant pleure, il veut la tétée !

Aussi loin que je m'en souvienne, c'est Mara qui s'occupa de moi. Lorsque j'étais toute petite, elle me portait sur son dos, enveloppée d'un grand pagne bariolé en me balançant toute la journée au rythme de ses pas.

Mara chantait ! Alors, j'appuyais ma tête contre son épaule et je m'endormais.

Mara préparait mon repas, m'habillait, me lavait et me promenait. Je passais toutes mes journées avec elle, le premier, tout premier mot que je prononçais fut le sien. Je suis restée accrochée là dans mon berceau ambulant jusqu'à ce que je sois capable de marcher toute seule. Je me souviens de notre maison. Comme elle me semblait grande et belle ! Toute blanche avec toutes ses fleurs vives et parfumées qui grimpaient le long de la véranda.

Je me traînais à quatre pattes sur le sol carrelé en me plantant debout devant Jessy qui m'apparaissait comme une femme âgée au regard lointain et perdu. Ses yeux brillaient quand elle m'apercevait.

— Tu auras un bonbon, si tu es sage ! me disait-elle, alors j'attendais devant elle, le fameux bonbon qui ne venait jamais.

Joséphine passait et me grondait :

– Ne me dérange pas Jasmine, je travaille !

Alors, je me réfugiais sous le havre de paix que m'offrait la petite table basse. Je me racontais toute seule mes histoires jouant tranquillement avec mes animaux. Je commandais mes petites troupes.

L'éléphant était le plus puissant bien sûr et l'ennemi imaginaire finissait toujours par disparaître.

– Tu vois Lou, si on met les animaux de cette façon, les chasseurs ne les tueront pas !

Lou m'accompagnait chaque jour et partageait mes jeux, mes repas, mes nuits, mes rêves. Lou était sans cesse à mes côtés, personne ne le savait et personne ne pouvait le voir sauf moi, bien entendu ! Et lorsque je ne comprenais pas quelque chose et bien je lui demandais dans un charabia secret que seuls lui et moi connaissions bien.

De temps en temps, de ma cachette, je levais les yeux vers Jessy et Joséphine, je les observais. J'expliquais ensuite à Lou que Jessy était malade, que Joséphine s'en occupait, mais que Jessy savait un peu parler, mais qu'elle ne parlait qu'à moi.

Il m'arrivait de courir dans tous les sens à travers les pièces et le long couloir de la maison, de claquer les portes, de crier, de sauter, de bondir comme un éléphant alors qu'il ne fallait pas faire de bruit pendant la sieste de Jessy. Ce silence, à observer, était particulièrement difficile pour moi, alors parfois je faisais exprès. Habituellement, je marchais pieds nus dans la maison, mais il m'arrivait de mettre mes chaussures, de taper très fort sur le sol. Ou alors, je faisais le cheval en imitant le hennissement de l'animal bien fort.

— Jasmine ! criait Joséphine, essaie de comprendre ! Jessy a besoin de calme.

Mara m'attrapait par une main, me tirait boudeuse dans la cuisine tandis que Joséphine se dépêchait de rejoindre l'orphelinat de Tabou où elle exerçait le métier d'institutrice. Il n'y avait pas assez d'enseignantes et trop d'enfants alors elle apprenait à lire aux fillettes. Mara me racontait que j'irais bientôt moi aussi à l'école avec les autres enfants, mais que j'étais encore trop petite.

J'étais toujours trop petite pour tout, c'était bien accablant et monotone d'entendre les grandes personnes me répéter toujours les mêmes recommandations !

Un jour, pourtant, le fait d'être petite et menue me fut très utile. J'avais remarqué, dans le jardin, un peu à l'écart, ce magnifique arbre ; un manguier. Amadou le jardinier m'avait bien interdit d'essayer de grimper dessus, car, disait-il, il y avait un génie caché dans le tronc.

— Le manguier a été très fatigué racontait Amadou, mais je l'ai taillé un jour avec Joséphine, il commence seulement à déployer ses branches, mais si tu l'ennuies ses fleurs ne pousseront pas et ne donneront pas de fruit.

L'âme du manguier

Le manguier m'intriguait. Il me fallait bien plus qu'une histoire de génie pour ne pas l'approcher.

À force de jouer, de sauter et de tourner autour de son tronc, je remarquais une petite fente sur le côté qui n'était pas très grosse mais je grattais l'écorce, petit à petit l'espace s'écarta, je pus me faufiler dans la cavité.

Il y avait là, une colonie impressionnante de fourmis magnan, une famille de margouillats qui détala en me voyant et quelques coléoptères et insectes en colère, mais très vite, je déclarai à tout ce petit monde souterrain que c'était moi qui désormais serais la maîtresse des lieux et le génie de l'arbre.

Merveilleuse cachette ! Je décidais de m'y installer avec Lou, je ne parlais à personne de cette cavité secrète. J'y trimballais toutes sortes d'objets plus ou moins utiles, quelques jouets, des livres, une vieille couverture dérobée à Amadou et je passais là de délicieux instants bien à l'abri des grandes personnes.

Mara s'époumonait pour m'appeler, mais je ne répondais pas et cela m'amusait beaucoup.

Mara me connaissait bien, elle ne s'inquiétait pas, car je finissais toujours par revenir. Fine cuisinière et attentionnée, elle me tendait des pièges avec ses goûters délicieux : telle une petite abeille attirée par l'odeur et le sucre, je me précipitais dans la cuisine pour dévorer les friandises qu'elle me préparait.

Un jour, je grimpais par le tronc creux à l'étage supérieur du manguier, je fus émerveillée tant je jouissais d'une ample vue plongeante sur tout le domaine, cela me donna une sensation d'espace, de profonde paix. Je contemplais le jardin bien au-delà de la route qui mène à Tabou. À travers la végétation, je repérais tous les endroits que je connaissais, grimpant toujours plus haut, inconsciente du danger et heureuse en mon nouveau logis, juché à fleur de nuage comme un choucas des tours, je pouvais même plonger mon regard à travers les persiennes entrouvertes de la maison.

– Tiens ! marmonnais-je tout haut, Jessy dort encore et je la voyais allongée habillée sur le lit de sa chambre avec près d'elle le ventilateur qui tournait.

– Tiens ! Mara ne travaille pas, elle chahute avec Djambul le manœuvre de la plantation d'Alexander, j'entendais leurs éclats de rire qui parvenaient jusqu'à moi ! Je devinais aussi Amadou qui ratissait l'allée du fond du jardin. Tout près de lui, je repérais une sorte de cabane qui semblait abandonnée, je me promis bien vite d'aller l'explorer.

Que le jardin était grand et vaste !

Je prenais conscience de l'immensité des choses, quand je vis Joséphine qui se dépêchait de rentrer... Elle jeta sa robe en boule sur son lit, retira ses chaussures et passa ses vêtements et bottes d'équitation. Elle ressortit aussitôt en claquant la porte en se dirigeant vers le portail d'entrée. Un quart d'heure plus tard, elle repassa au galop sur son cheval alezan accompagné d'Alexander.

– Hihihi !! Je me mis à hennir malicieusement et aussi fort que les chevaux d'Alexander en poussant un cri de victoire tout aussi puissant que le génie de l'arbre, s'il avait pu le faire, car j'avais trouvé là un merveilleux poste de surveillance.

Pour une petite fille curieuse et avide de questions, les branches du manguier, leurs feuilles sombres teintées de rouge étaient un antre magique qui me permettrait de comprendre bien des choses de la vie que je n'arrivais pas à saisir lorsque j'étais en bas sur la terre ferme.

— Jasmine ! Jasmine ! criait la voix de Mara et je la voyais toute petite et difforme s'agitant dans tous les sens dans le jardin.

— Allez on y va Lou ! De branche en branche, enveloppée de l'humidité des feuillages qui pénétrait ma peau, de l'odeur un peu âpre qui s'exhalait avec force, de l'écorce rêche des branches qui frottait mon visage et mes mains, je redescendis de mon perchoir.

Je ne pus expliquer ce qui s'était passé entre cet arbre et moi ; c'était comme si la sève de l'arbre s'infiltrait dans mon sang et le vertige de cette amplitude que j'avais décelé provoqua un émoi physique si important que longtemps j'en fus troublée.

Cette inquiétude dépassait ma petite personne, elle débordait ! Comme la terre était grande et j'étais si petite !

Chaque week-end, Christie venait nous rejoindre au domaine ou bien nous allions passer la soirée chez elle à Tabou dans sa petite maison. J'adorais Chris et elle me le rendait bien. Je me souviens de ses câlins et baisers sur mes joues, mes bras, mon ventre et qui provoquaient des éclats de rire en cascade que je ne pouvais pas arrêter, ni maîtriser.

— Encore ! Encore ! réclamais-je et ce n'était jamais assez.

— Ce que tu ressembles à Joséphine, ma Jasmine. Tu es la miniature de Joséphine et les rires reprenaient jusqu'à ce qu'épuisée, je finisse par m'endormir douillettement installée entre elles deux. Je cherchais les cheveux de Chris et les enroulais dans mes doigts pour m'endormir, c'était un véritable délice de m'assoupir de la sorte, le nez dans ses longs cheveux. J'étais à l'abri de tout, au cœur de l'amour enivrée du parfum de Chris ou contre les épaules de Joséphine. Et à ce moment précis, Joséphine était si différente, si paisible et si détendue qu'il m'arrivait de ne pas la reconnaître.

Jusqu'à l'âge d'aller à l'école, je ne sus pas vraiment qui était ma vraie maman, je ne prononçais jamais ce nom puisque personne ne me l'avait suggéré. Je me contentais de les nommer par leur prénom, d'aller vers l'une ou l'autre de ces trois femmes, au moment où elles désiraient s'occuper de moi, mais j'étais profondément plus attachée à Mara.

Les choses étaient établies entre nous : je boudais et refusais de manger avec Joséphine, je jouais et riais avec Chris et je vénérais Mara. Il lui suffisait d'un seul coup d'œil pour que je comprenne aussitôt ce qu'elle voulait obtenir de moi. C'était une source de tendresse intarissable à mon égard et elle me transmettait ce qu'elle savait de son pays. Petit à petit, le cœur de Mara et le mien ne faisaient plus qu'un.

L'année de mes cinq ans, j'entrais en classe de maternelle à l'école de Tabou. Il y avait là les petites filles noires de la ville, les fillettes orphelines et d'autres enfants blancs comme moi dont les parents travaillaient en Afrique.

Sœur Zoéline, me donna un livre comme aux autres enfants et qu'elle ne fut pas sa surprise de voir que j'articulais parfaitement la première phrase du livre de lecture de « Daniel et Valérie ». Je me souviens de son expression étonnée et du regard interrogatif qu'elle porta à Joséphine.

– Mais elle sait parfaitement lire !

– Joséphine fut très étonnée et elle leva les mains qu'elle tourna et retourna dans tous les sens en signe d'impuissance pour exprimer ainsi son ébahissement. Alors, sœur Zoéline me prit par la main et c'est ainsi que j'entrais aux cours préparatoires, avec les plus grands.

– Mara, je n'aime pas l'école lui racontais-je en rentrant à la fin de l'après-midi.

– Pourquoi ça Jasmine ? s'étonnait Mara.

– Mara, pourquoi les autres petites filles disent maman et pas moi ? Moi, je n'ai pas de maman ! insistais-je auprès d'elle.

– Mais Jasmine, c'est Joséphine, ta maman, tu le sais bien. Tu l'appelles, Joséphine, au lieu de maman, mais c'est pareil, m'expliquait la tendre femme, patiente.

– Non, ce n'est pas pareil ! et je boudais. Joséphine

ne veut pas que je dise, maman, alors je cherchais les câlins de Mara. Assise sur ses genoux, j'appuyais mes joues contre les siennes pleines et rebondissantes comme une belle mangue. Je passais mes mains dans ses cheveux frisés, je lui réclamais des nattes africaines.

– Il faut que tes cheveux poussent, comme ça je pourrais te faire des nattes, me disait-elle comme une douce promesse.

Je cherchais quelque chose à caresser instinctivement, j'avais toujours besoin de toucher un morceau de tissu, des cheveux, je cherchais en permanence des baisers, des contacts physiques. Mes mains entrèrent et se faufilèrent sous le pagne de Mara.

– Jasmine arrête, ça suffit ! Tu me chatouilles et Mara riait bien fort.

Je n'écoutais pas et je saisissais le sein de Mara, rebondissant et lourd comme une papaye que je portais naturellement à ma bouche. Mara ne m'arrêta pas, me laissa faire puisque dans sa culture, on pouvait allaiter les enfants très longtemps. Elle comprit mon geste. J'étais bien convaincue de cette façon que Mara était bien ma maman et je m'abandonnais dans une quiétude douce m'enfonçant peu à peu dans cette affection paisible, au creux de ses formes pleines et rassurantes.

– Tu ne peux pas t'attacher les cheveux avec des barrettes ? Ou les porter derrière les oreilles ? houspillait Joséphine, en entrant vivement dans la cuisine. Je sursautai.

L'âme du manguier

— Non ! Je ne veux pas de barrettes, elles m'empêchent de jouer, protestais-je.

Alors, je dois te couper les cheveux. Ta frange est trop longue, tu ne vois rien, tu vas t'abîmer la vue continuait Joséphine en saisissant les ciseaux.

— Mais je vois ce que j'ai envie de voir ! répliquais-je étonnée.

— Tu es toujours en train de plisser les paupières, et puis ça m'agace ! cria la jeune femme.

Les ciseaux scintillent. Moi, je pleure parce que je ne veux pas du tout. Les lames sont géantes.

— Maintenant va te regarder dans la glace, me dit-elle satisfaite.

J'y vois un petit visage boudeur, blême et enfantin et un morceau de front plus blanc que le reste.

— Ce n'est pas droit, j'ai mal coupé, le côté gauche est plus long que le côté droit. Reviens vers moi ! renchérit Joséphine, les lames devant les yeux grands ouverts.

— Ah ! là ! là ! maintenant, c'est le côté droit qui est plus court que le côté gauche. Encore un peu et je m'arrête, déclara-t-elle.

— Je ne veux pas, je ne veux pas ! et je manifestais mon mécontentement. De quoi as-tu l'air ? et tu ne devrais pas faire tant d'histoires pour une coupe de cheveux. Les cheveux, ça ne fait pas partie de toi, c'est comme les ongles ça ne fait pas mal de les couper. Tu ne sais pas ce que c'est que d'avoir vraiment mal. Je peux te dire que quand je t'ai mise au monde… expliquait Joséphine.

— Oui je sais, on t'a ouvert le ventre et on t'a coupée, affirmais-je en lui tranchant net la parole.

— Ce qui s'appelle vraiment couper. Et, Joséphine coupe, coupe mes cheveux bouclés qui s'effondrent sans bruit sur le carrelage.

Je ravale mes sanglots. J'ai froid et la pièce se transforme en torrents de larmes et en eau rouge foncé et je suis au milieu de la plaie béante.

— Et après ? murmurai-je dans un souffle.

— Tu étais si chétive qu'on a dû te mettre dans une boîte de verre. Tu vivais dans une grande salle avec les autres bébés. Il y avait un grand rideau tendu.

Le rideau se lève. Je suis Jasmine et je me regarde dans la glace. Je ressemble à Lou, j'ai les cheveux bien courts comme un petit garçon et des milliers de taches de rousseur qui recouvrent mon minois, je porte une salopette rouge et une chemisette blanche.

Jasmine emprunte la voix d'un autre, c'est ce qui lui permet d'exister. Elle emprunte les mots d'un autre et c'est ce qui la rend réelle, peut-être qu'elle sera plus aimée de cette façon. Elle crie, elle implore, elle fait des vraies colères, elle se roule par terre de rage et personne ne lui en tient rigueur.

Au contraire, on l'applaudit ! Jasmine lit à haute voix les mots d'un texte qu'elle doit forcément dire, ce sont forcément ces mots-là et pas d'autres. Les rythmes du texte répondent au rythme de son corps, de ses jambes, de ses poumons et de son cœur. L'enfant lit ce texte imprimé dans sa mémoire. Tandis que Jasmine est l'autre, elle sait ce qu'elle a à dire ; c'est dans la vraie vie que ses répliques lui font défaut.

J'applique ma bouche contre la glace et je dis :

– Lou, c'est toi ! Je le dis encore plus fort pour voir si l'enfant de l'autre côté du miroir voudrait bien me répondre. Mais il ne me répond pas.

Seule, la voix de Joséphine résonne dans la pièce et me dit :

– Jasmine ! Ça suffit, va jouer dehors !

Mais dans le jardin, il pleut. Je remonte dans ma chambre très en colère et je n'ai pas envie de jouer. Je m'empare des ciseaux, je découpe tout ce que je trouve. Les images du livre, mes socquettes, mes petites culottes, les cheveux de la poupée, les morceaux de l'oreiller. Toutes les plumes volent dans la chambre et je joue avec. Je le vide entièrement et je lance les plumes en l'air. C'est magique !

La nuit commence de tomber et je vois la lune par la fenêtre qui transparaît toute pâle dans le ciel gris ardoise.

Et j'envoie tout le plus haut possible, pour les offrir à la lune comme un objet très précieux et fragile, avec des gestes de délicatesse. Car des gestes invisibles se déploient en moi, comme si des mains transparentes viennent s'animer tout autour de mon cœur. Et ses mains immatérielles s'affairent en moi, dépliant ma mémoire pour l'étendre aux dimensions d'un ciel. Il faut de l'espace à la lune, du silence et du recueillement. Sa trajectoire est longue, sa clarté est si frêle, un rien peut la voiler. Un nuage soudain la dissimula.

Mara me retrouva endormie sur le tapis, enroulée dans une robe à fleurs de Joséphine, chaussée de ses escarpins à talons trop grands, la bouche maculée de rouge à lèvres et les cheveux collés par des milliers de plumes sur ma tête blonde.

Elle ne put s'empêcher d'éclater de rire, en me voyant ainsi affublée ! Ma douce Mara remit tout en ordre immédiatement, puis avec patience elle m'ôta une à une toutes les plumes que j'avais collées sur ma tête avec du scotch tandis qu'elle éclatait de rire toutes les cinq secondes et que moi, penaude et honteuse, je me laissais faire sans oser bouger, ni respirer.

Mara se tut, car Jasmine épuisée s'était endormie en travers du lit. Sa respiration soulignait le silence d'un trait léger et régulier et Mara la contempla dormir. Puis elle se coucha habillée au bout du lit, les bras contre les chevilles de Jasmine, elle posa son front contre les genoux de la petite fille et elle s'endormit ainsi. Toute la nuit des pas d'enfants résonnèrent dans son cœur.

Le lendemain matin, il pleuvait toujours très fort et une humidité et un brouhaha empli de chaleur et d'odeur particulière montait des entrailles des terres pourpres, palpitant et enveloppant les êtres et les choses comme un long serpent de vapeur tiède.

Ce fut à ce moment que Christie arriva comme par enchantement et qu'elle me proposa une promenade au centre-ville de Tabou. Elle me tenait fortement par la main et elle marchait d'un pas alerte et décidé ne me laissant pas la possibilité de traîner en chemin. Nous entrâmes dans l'unique petite boutique de vêtements et de chaussures pour enfants de Tabou. Elle choisit très rapidement, avec goût quatre robes, deux ou trois jupes, des sandalettes qu'elle disposa sur le comptoir devant la vendeuse.

Puis, elle me déshabilla, ôta mon chemisier et ma salopette et je me retrouvai très étonnée en petite culotte au milieu du magasin. Christie me passa alors doucement sur les épaules nues, une robe avec des motifs fleuris cousus et superposés de plusieurs volants. Je sentis ses doigts légers qui remontaient le long de mes omoplates et je frissonnai. Les volants caressaient mes jambes nues et les doigts de Chris les effleuraient en défroissant méticuleusement les frous-frous des volants. J'étais là, debout sans bouger, les jambes écartées ; mon regard étonné et interrogatif allait des jupons à celui de Chris.

– Tu ressembles à une petite fleur comme ça. Comme tu es jolie !

Et ce fut un terrible choc, une sensation physique intense presque inexprimable. Chaque volant qui effleurait mes jambes se faisait grain de pluie, de soleil, de vent, de fleurs. Chaque mot que je voulais prononcer emplissait ma bouche et fondait dans ma gorge. C'était une giboulée gaie de gouttes de pluie lumineuse, c'était une danse de bayadère emplie d'allégresse.

Ce fut, comme la saison des pluies de septembre ; un

orage éclatait, des éclairs illuminaient le ciel. Les lumières teintées de mauve et de violet cernaient les yeux des vieilles personnes, baguaient les doigts des jeunes filles. Ce fut, comme la belle saison ; tous les arbres chantaient et la lumière ocrée poudroyait le long des trottoirs et sur les pieds nus et les genoux des jeunes filles.

J'avais reçu un don de la lune et dans un blanchissement de douceur elle m'avait indiqué un chemin au travers de ma danse folle et désespérée. Mara et Chris avaient tout toléré.

Nuage et lune devenaient un miroir fabuleux et se reflétaient dedans la terre entière, les villes, les savanes et les mers. Ce don réverbérait la solitude en l'épurant de toute amertume. Il nimbait l'absence de cet autre enfant d'un tel halo de songe et de tendresse qu'à travers ce manque apparaissait une plus juste présence - nuage et lune, miroir d'anamorphoses et de métamorphoses - source de seconde lumière.

Et tout en fut désormais éclairé.

Mara accrocha dans mes cheveux qui repoussaient enfin, des fausses nattes africaines couleur du temps, qu'elle tressa de la racine jusqu'aux pointes.

– Ainsi, tu seras toujours coiffée et tu en as pour un moment !

Enfin, petit à petit, je devenais Jasmine. Les petites filles de l'école de Tabou ne se moquaient plus de moi en me posant toujours l'incontournable question :

– Tu es une fille ou un garçon ?

Christie me dit :

– Tourne, avec les volants, ma petite fleur ? Je tournais plusieurs fois sur moi-même et les volants de la robe se soulevaient dans le vent. Mara applaudit. Je m'approchais alors doucement de Joséphine qui regardait la scène depuis la véranda, installée tout près de Jessy.

Mais aucun son ne sortit de sa bouche.

17

Trois mangues bien mûres !

L'année scolaire s'écoulait doucement et déjà les vacances se faufilaient vers la petite saison des pluies qui rafraîchissait l'atmosphère. Au loin, dans le ciel azur, flottait un cerf-volant, petite tache rouge qui sautillait de part et d'autre des nuages et que je suivais des yeux à l'horizon, berçant mes pensées.

Mes résultats sont très bons à l'école de Tabou, le seul problème est que je n'ai aucune amie et malgré les ravissantes robes de Christie et mes nattes tressées et enrubannées, les « grandes filles » de la classe préparatoire m'ignorent totalement ou alors elles se jettent des petits regards entendus entre elles et elles éclatent de rire en m'observant avec suffisance et dédain. Je les voyais se promener dans la cour de récréation bras dessus bras dessous avec envie, mais je n'eus jamais droit à ces réjouissances et j'ai toujours l'impression, encore aujourd'hui et depuis ce temps-là, que les choses seront ainsi et à jamais.

La cour de récréation me paraissait immense et comme je me sentais perdue au milieu de ces enfants joyeux et turbulents ! À cet âge où l'enfance joue et crie alors que j'en mourrais d'envie, je me tenais dans un petit coin, timide et craintive, observant leur tapage et leur code de jeux sans vraiment comprendre.

Après l'école, je rentre par la rue des Tamarins et je passe devant l'école des garçons. Il y a beaucoup de bagarres à l'école des garçons. Ils se provoquent même jusque devant le portail d'entrée. Ils se sautent à la gorge, hurlent et roulent dans la poussière. Parfois, ils organisent un match de foot avec des bourres de noix de coco. Je mets la tête en travers des barreaux des grilles de l'entrée, je les regarde jouer.

– Tire, tire !

Un jour, alors que j'étais là à les observer, l'un d'entre eux m'appelle et crie :

– Viens jouer au foot avec nous !

Je lance mon cartable, me précipite dans la cour : je suis petite, mais je file comme l'éclair ! Les garçons de l'équipe sont heureux, ils gagnent le match alors ils me soulèvent en fanfare et m'ovationnent. Ils sont tous plus grands que moi sauf Babab, il s'appelle Bastien, mais tout le monde le nomme Babab !

Chaque soir en sortant de l'école, je cours à l'école des garçons, ils m'attendent tous près de la grille, ils crient : Jasmine ! Jasmine ! Jasmine !

Puis, Babab me raccompagne et nous rentrons à la maison par le chemin le plus long en riant. On se sépare près du flamboyant et on se retrouve le lendemain. Babab est petit comme moi, vif, joyeux et malicieux.

Je ne suis plus complètement seule, j'ai un ami, c'est

nouveau pour moi et tant de choses que je raconte en rentrant le soir à Mara qui m'écoute en souriant aussi heureuse que moi !

Le reste de la soirée, souvent, je m'installe avec ravissement dans le manguier où je converse avec les oiseaux qui viennent s'y réfugier toujours plus nombreux depuis que d'extraordinaires fruits ornent ses larges branches déployées. Il suffit que je tende les bras pour attraper ces douceurs qui s'offrent à moi. Ce sont vraiment de bonnes mangues, bien juteuses et bien en chair, avec un minuscule noyau que je peux manger jusqu'à ce que je n'en puisse plus, car rien n'est aussi bon qu'une mangue presque trop mûre !

Je n'écoutais pas les conseils de Mara pour goûter le fruit. Prendre un couteau pour éplucher comme elle me le suggérait à chaque fois ; je me lançais dans un corps à corps avec le fruit en l'attaquant de tous côtés, découvrant et mordant sa chair à pleines dents, me tachant les bras jusqu'aux coudes et maculant ma chemisette !

— Tiens, disais-je du haut de mon perchoir à oiseaux, Alexander et Joséphine se font des bisous sur la bouche ! Je les voyais parfaitement par les persiennes grandes ouvertes de la chambre de Joséphine. La musique parvenait jusque dans le jardin et j'assistais au spectacle de leur corps enlacés qui se mouvaient et ne faisait plus qu'un, en ce slow d'amour. J'étais habituée à les voir tous les deux de cette manière et cela ne me gênait aucunement.

Un soir de canicule où j'étais vêtue d'une petite culotte en coton et alors que j'errais pieds nus dans l'immense maison, je me glissais dans le bureau d'Alexander comme une petite ombre curieuse. Je ne le croisais presque jamais, car il travaillait à l'extérieur, mais je savais qu'il était là et je ne me posais pas de question. Pour moi, du haut de mes 5 ans le mot « papa » était presque aussi mystérieux que celui de « maman » et j'avais bien entendu les enfants de l'école en parler, mais je ne savais pas ce que cela pouvait signifier.

– Approche Jasmine ! me dit Alexander et lorsque je fus tout près de lui, il me saisit sous les aisselles et m'installa sur ses genoux.

– Sais-tu lire ? me questionna-t-il.

– Oui je peux tout lire.

– Lis, me dit-il en me montrant un texte dans le journal ouvert devant lui.

Alors, je lus très docilement en m'appliquant du mieux que je pouvais et tandis que je déchiffrais ce texte incompréhensible, Alexander Feissole me reprenait lorsque je butais sur certains mots trop difficiles pour moi et il me les faisait épeler à plusieurs reprises jusqu'à ce que je les prononce d'une façon irréprochable et infaillible.

C'était un exercice très laborieux, mais curieusement cela me procura beaucoup de satisfaction et je recommençais inlassablement autant de fois que Monsieur Feissole me le suggéra.

À certains moments, il passait sa main sur mes nattes comme pour m'encourager à continuer.

Quand j'eus terminé de lire ce passage très long, il prit mes deux menottes et il déposa au creux de chacune d'elles un baiser et il fit de même sur l'une de mes épaules nues. C'est amusant reprit-il plusieurs fois. Nous avons tous les deux la même tache de naissance et il l'effleura à plusieurs reprises.

— Es-tu heureuse ici ? insista-t-il

— Oui, Monsieur Feissole chuchotais-je un peu impressionnée.

— Alors il faudra toujours que tu restes ainsi, une petite fille raisonnable et que tu prennes soin de Joséphine. Sais-tu combien je l'aime ?

— Oui, Monsieur murmurais-je en hésitant.

Il s'empara ensuite de plusieurs feuilles de papier qu'il recouvrit de croquis à la sanguine et m'invita à faire de même sur une autre feuille. Quand il eut terminé, il me les montra en plaisantant et me dit amusé :

— Devine, qui est-ce ?

Je voyais plusieurs visages enfantins, souriants ou boudeurs avec énormément d'expressions qui ravissaient les visages vivants et harmonieux.

— On dirait Joséphine, murmurais-je dans un souffle à peine perceptible.

— Non, c'est Jasmine déclara Alexander en riant, très heureux de m'avoir bernée. Mais tu lui ressembles comme deux gouttes d'eau, tu es sa copie conforme !

Je lui montrais à mon tour ce que j'avais dessiné.

— C'est Jasmine et Lou expliquais-je en lui tendant le dessin où l'on devinait une petite fille et un petit garçon qui se donnaient la main et se tenaient côte à côte identiques eux aussi. Alexander Feissole m'expliqua alors, ce que j'avais toujours su depuis ma naissance et qui avait tant fait souffrir.

Je ne comprenais pas tout ce qu'il voulait me révéler. Sa voix semblait venir de très loin et se mêlait au chant des oiseaux comme une confusion soudaine, un tumulte intérieur et un remue-ménage, mais je n'entendais ni ne saisissais les mots difficiles qu'il essayait de me traduire. Je ne me rappelle que de très loin cette incohérence qui survolait mon esprit de petite fille. Seule une impression de quiétude m'envahissait et c'était infiniment meilleur. J'étais lovée sur les genoux d'Alexander, abandonnée à une tendresse imprévue presque brutale : était-ce cela avoir un « papa » ?

Le temps s'écoula longtemps et tandis que je continuais à dessiner Alexander effleurait avec douceur et délicatesse mon dos en montant et remontant avec ses mains le long de mes omoplates.

— Donne-moi un baiser Jasmine me suggéra-t-il cajoleur.

Je me retournais et je lui déposais un bisou sur les lèvres comme je l'avais vu faire avec Joséphine et très naturellement. Je m'abandonnais contre lui, je n'avais pas envie de quitter ses genoux protecteurs.

— Ce que tu peux lui ressembler, tu aimes comme elle, gracieuse, cajoleuse et entière et il m'étreignit et me rendit mon baiser de la même manière.

L'âme du manguier

Alexander me comparait à Joséphine et pourtant, elle, Joséphine ne me prenait jamais dans ses bras et ne m'embrassait jamais. Ce que racontait Alexander ressemblait beaucoup aux expressions de Christie quand elle me retrouvait chaque week-end. Ils aimaient Joséphine, l'un et l'autre, et ainsi ils me couvraient de baisers et de caresses qui me troublaient beaucoup, mais que je recherchais auprès d'eux avec un certain plaisir.

Mon corps de petite fille, avide de sensations agréables et enivrantes allait vers eux ; mon corps avide d'amour offert aux satisfactions égoïstes, mon corps si accaparé par lui-même que mon âme s'y réverbérait comme une prière incessante, mon corps érigé en un tout, s'offrait à qui voulait et criait :

– Regardez-moi ! Admirez-moi ! Dorlotez-moi !

Mais les grandes personnes ne savent pas toujours ce qu'elles font et ne comprennent pas toujours ce qui peut se tramer dans la tête d'une petite fille qui les observe depuis un long moment déjà… et qui n'aspire qu'à avoir une vie normale entre une maman et un papa, chose impossible au domaine de la Malaguette où la folle passion l'emportait toujours sur le reste.

Et les oiseaux du manguier qui babillaient en leur concert sibyllin et absolu qu'en disaient-ils eux ?

– Que le monde est beauté, lumière et splendeur, le désir est ivresse et que la vie est bonne !

Soit, mais ils criaient aussi leur faim et leurs terreurs. Ils dénonçaient l'amertume de cette beauté, la part de cruauté que porte le désir qui brûle dans les entrailles des autres créatures, la violence de la vie. Et, ils proféraient surtout combien il est difficile à conquérir l'espace de la lumière, combien est douloureux l'accès à cette splendeur et cela créait un jeu très curieux d'écho entre les persiennes et l'arbre !

Le temps rafraîchissait de plus en plus ; l'école s'acheva et arriva le temps des vacances. Je ne me rappelle plus comment les choses se sont passées, mais un matin Jessy se leva et vint s'asseoir sous le manguier, un livre à la main. Cela provoqua la surprise de toute la maisonnée et même le silencieux Amadou qui ne devisait jamais pour rien, ôta son chapeau en signe de respect et vint s'incliner devant elle. Peu à peu elle retrouva l'usage de la parole et elle put avec Joséphine, faire de longues promenades dans le jardin.

Du haut de la branche de l'arbre, je les observais et je distinguais deux taches blanches au milieu de la verdure et des fleurs et je ne sais comment, mais les oiseaux m'apprirent que Alexander allait quitter la Malaguette, car il était nommé dans le pays voisin.

Un remue-ménage et une activité débordante animèrent la demeure d'habitude calme et endormie. Des malles s'entassaient sous la véranda et je voyais Joséphine errer tristement d'une pièce à l'autre ou je l'apercevais étendue derrière un bosquet et je l'entendais sangloter.

J'aurais voulu consoler Joséphine, je comprenais à demi-mot ce qui se préparait, mais lorsque je m'approchais à petits pas vers elle intriguée et inquiète elle me lançait outrée :

L'âme du manguier

— Dégage Jasmine ! Laisse-moi seule !

J'entendais des bribes de paroles, des éclats de voix, des disputes et des reproches. J'entendais des pleurs, des soupirs et des supplications. J'entendais Alexander et Joséphine qui s'aimaient une toute dernière fois se promettant de se revoir et de s'estimer toujours autant. J'entendais les mots ; obligations, devoirs, raisonnable et désespéré. J'entendais trop de choses pour mon petit âge alors je me bouchais les oreilles pour ne plus écouter et j'allais me réfugier dans les bras de Mara qui m'emmenait marcher près des plages et me changeait les idées en me racontant toutes sortes de contes et d'histoires de sa tradition africaine et petit à petit l'imaginaire des histoires reprenait le dessus et je retrouvais un petit monde bien à moi.

Et puisque c'était les vacances, je dormais beaucoup. Pouvoir dormir tout mon saoul. Dormir jusqu'à la fin des temps pour ne plus entendre. Dormir, mon dernier refuge là où personne ne peut pénétrer dans mes rêves les plus chers, car l'esprit de Jasmine n'était plus désormais qu'un morne terrain vague jonché de débris de pensée, de résidus d'émotion et de sentiments en lambeaux.

Et pourtant il faut bien que je me réveille, alors je sors dans la cour, les yeux encore pleins de sommeil. Mara est déjà en train de siroter son café, mais moi, ce que je préfère c'est dormir.

Mais il faut encore que je me réveille chaque matin très tôt, faire ma toilette, me brosser les dents, ensuite m'habiller, déjeuner, finalement retourner à l'école.

C'est ça ma vie, du lundi au vendredi. Le problème c'est qu'on est obligé d'aller à l'école. Pourquoi faut-il que je quitte mon lit ?

— Dépêche-toi d'aller manger, me lance Mara. Mon déjeuner est là sur la table, mais je ne sais pas pourquoi je n'arrive à rien avaler et je pars à l'école le ventre vide.

J'ai presque 6 ans ; nous sommes restés au domaine de la Malaguette avec Mara et Amadou tandis que Monsieur Feissole et Jessy ont pris possession de leur nouvelle maison en Guinée voisine. Christie vient très souvent voir Joséphine, elles se promènent en bavardant toutes les deux, parfois je me joins à leur promenade et je donne la main à Christie, mais je ne comprends pas tout ce qu'elles se disent.

Je réalise enfin que Chris va bientôt s'éloigner aussi pour son travail de journaliste, mais qu'elle reviendra très souvent ce qui rassure Joséphine.

Dans un élan de tendresse, la jeune femme nous serre toutes les deux sur son cœur et promet de nous écrire de longues lettres tout au long de son voyage, elle affirme qu'elle reviendra bien vite d'Europe les bras chargés de cadeaux.

Joséphine ne pleure pas quand Chris s'en va.

Nous la regardons toutes les deux s'éloigner avec le quatre-quatre, nous ne pouvons plus parler pendant un très long moment.

La voiture devint une tache de plus en plus petite et quand elle disparut totalement de notre vision, nos larmes se mirent à couler toutes seules sur nos visages comme une fontaine intarissable.

Quelqu'un vient souvent nous rendre visite depuis quelque temps au domaine. C'est Pierre, le régisseur de Monsieur Feissole, celui qui est chargé de ses affaires pendant son absence. Il s'occupe aussi des chevaux avec Joséphine. Je ne l'aime pas du tout, il parle fort, crie et il se promène toujours avec un long fouet avec lequel il frappe les chevaux.

Il jure, il boit et il s'installe dans l'ancien siège à bascule de Jessy pour faire la conversation avec Joséphine. Je le crains et je me cache quand il arrive. Je me réfugie bien vite dans le manguier et j'observe à nouveau ce qui se trame.

Je ne sais pas pourquoi j'ai très peur d'un seul coup et mon cœur s'emballe très fort dans ma poitrine dès que je vois cet homme arriver !

Une fin d'après-midi d'un dimanche paisible où j'avais beaucoup joué avec Joséphine et Mara, Pierre arrive vêtu d'un costume d'une blancheur éclatante, très élégant et impressionnant. Il ne ressemblait plus au régisseur de tous les jours, c'était un bel homme à l'orée d'un âge un peu plus mûr qui résistait aux assauts du temps.

Il était un homme soigné, méticuleux, rasé de près. Sa réussite sociale le paraît sans condescendance, car en plus de la responsabilité qu'il avait acquise au domaine de la Malaguette, il s'intéressait un peu à la cause humanitaire du pays et il restait accessible avec des gestes précis qui appuyaient ses jugements. Ses cheveux un peu argentés lui conféraient du charme.

L'âme du manguier

Le frémissement de ses lèvres le trahissait et les yeux de Joséphine brillaient soudain et je ne fus pas dupe quand je les vis éclater de rire tous les deux lui souriant de la nette rangée de ses dents bien plantées et Joséphine tourner sur elle-même, toute joyeuse lorsqu'elle entendait le vrombissement de sa puissante voiture…

Ce qui devait arriver arriva ; Pierre demanda la main de Joséphine en mariage, mais ce fut trop pour moi lorsqu'ils s'enlacèrent et s'étreignirent sous le manguier.

Une colère et une fureur m'envahirent d'un seul coup. Je grimpais à toute vitesse, énervée, sur la plus haute branche de l'arbre me balançant tel un pantin désarticulé au-dessus du néant comme un funambule désabusé et qui va basculer et lâcher prise à l'abandon subit et vertigineux qui grimpe en lui.

J'étais suspendue dans le vide, mes pieds se balançant au-dessus des baisers de Joséphine et de Pierre qui m'étaient intolérables et insupportables. J'aurais bien aimé m'enfuir avec les oiseaux ou disparaître totalement du domaine de la Malaguette. Il suffisait que je m'envole, c'était facile je n'avais qu'à lâcher la branche et prendre mon élan pour sauter dans l'immensité. Les oiseaux le faisaient bien eux, alors pourquoi ne pas essayer.

Et puis la vue des mangues appétissantes, surtout celles qui poussaient à la cime et que l'on ne pouvait jamais attraper me détourna de mes idées extrêmes. Dans un effort ultime, j'atteins la plus haute branche, je me saisis d'une belle mangue bien mûre et bien juteuse, j'en attrape une deuxième et une troisième et de toutes

L'âme du manguier

mes forces, je les jette par-dessus l'arbre l'une après l'autre en visant avec une précision exacte pour ne pas rater ma cible.

La première mangue s'écrasa avec force et puissance sur la tête de Pierre, la seconde rebondit et éclaboussa la manche de son costume puis s'aplatit sur le sol quant à la troisième, elle s'éclata sur la tête de Joséphine qui poussa un cri de stupeur et de surprise.

Emportée par mon élan et satisfaite du résultat, naïvement j'éclatai de rire bien fort avec ce rire en cascade qui réjouissait tant Christie et Mara et bien certaine que l'on ne pouvait pas me voir, je continuais de plus belle, car le réel et son double ne faisaient qu'un ; le réel contenait dans les replis de sa chair une multitude de doubles ; ombre, reflet et résonance. Cette illusion ne lui apparaissait pas moins comme la plus éblouissante de toutes.

Alors ce n'était plus la peine de s'inquiéter puisque je pouvais retrouver ce mouvement, ce souffle et cette trace impalpable de cet autre qui me donnait des forces gigantesques, traces troublantes et discrètes que personne n'interprétait, ni ne décelait.

— Allez, Lou aide-moi ! et tous les deux nous cueillons des mangues de plus en plus grosses et nous les jetons sur les envahisseurs et les ennemis en dessous qui viennent troubler notre tranquillité et notre calme. J'avais déclaré la guerre, elle fut longue et terrible, je ne capitulais pas.

— Attends un peu que j'attrape ce vilain macaque qui joue d'aussi vilaines farces et crois-moi tu ne recommenceras plus jamais, hurla Pierre vexé, et paf il se prit une autre mangue sur la tête !

— Jasmine ! descends immédiatement ordonnait Joséphine et paf une mangue encore plus mûre que les autres s'écrasa sur son chemisier.

L'un et l'autre ne comprirent pas mon immense détresse et ne me le pardonnèrent jamais !

18

Orisha et le Babalawo

J'ai peur, extrêmement peur des chevaux. Pierre m'a enfermée dans un box désaffecté et j'ai eu beau appeler de toutes mes forces il n'est pas venu me rechercher.

Maintenant il habite avec nous et je dois lui dire « papa » tout comme je dois dire « maman » à Joséphine. Mais les mots ne sortent pas naturellement et je ne peux pas. Mon « papa » c'était Alexander et il me manque beaucoup.

Beaucoup de choses me sont désormais interdites ; je n'ai plus la permission de marcher pieds nus sur le carrelage, je dois parfaitement me tenir à table et me lever plus tôt le matin, car je fais ma toilette toute seule maintenant. D'habitude, c'est Mara qui s'en chargeait et j'aimais bien sentir ses frictions sur mon corps, mais Joséphine a affirmé qu'à huit ans, j'étais bien assez grande pour ça ! Mais, je ne l'écoute pas et quand elle s'absente j'appelle Mara. Avec Mara, c'est bien, car je joue très longtemps et je peux même l'arroser et lui envoyer de l'eau, elle ne se fâche jamais et elle m'asperge la figure à son tour, ce qui me fait éclater de rire.

Je n'ai malencontreusement plus l'autorisation de

L'âme du manguier

grimper dans le manguier puisque Pierre a installé un grillage assez haut tout autour condamnant le passage que j'avais dans le tronc et qui m'empêche de grimper dans les branches.

Je suis furieuse contre Pierre, je ne l'aime pas du tout, car il se mêle de ce qui ne le regarde pas. Joséphine attend un bébé et son ventre s'arrondit chaque jour ; elle s'installe dans la balancelle de la véranda pour lire et se reposer et elle ne fait plus attention à rien, car elle est continuellement fatiguée.

À chaque fois que je n'obéis pas, Pierre me traîne d'une main par les cheveux et de l'autre il me frappe en hurlant avec le martinet des chevaux sur les jambes et partout où il peut m'atteindre, et pour finir il me pousse dans l'un des box à chevaux qui sert de remise.

Je reste là, aussi longtemps que cet homme en colère le souhaite ; c'est-à-dire jusqu'à ce que je demande pardon, que je lui promette de ne plus recommencer et de répondre correctement, mais comme je ne promets rien du tout, il me laisse enfermer des heures et des heures et il me menace de m'y laisser toute la nuit, aussi longtemps qu'il le faudra jusqu'à ce que je regrette mon comportement d'ignoble petit macaque !

Un singe, ça se dresse menace-t-il ! À coups de fouet s'il le faut, et je ne dois pas taper assez fort puisque tu ne pleures pas et que tu ne dis pas un mot ! Attends, la prochaine fois je te corrigerais plus fort encore ! Pierre me bat si fort que je ne peux plus m'asseoir. Mais je ne pleure pas, je serre les dents, c'est tout, mais j'ai terriblement mal et je raconte tout à Lou et je lui crie que le déteste et qu'il n'est pas mon père !

Dans le box désaffecté des chevaux, il y a des cageots, du foin, des vieux journaux, des outils, de vieilles bottes, et au sommet j'aperçois une petite ouverture haut placée par laquelle passent les rayons du soleil. Sur le mur, il y a une craquelure dans la chaux provoquée par l'humidité et la moisissure. Je contemple avec plaisir ce nénuphar, parfois c'est une grenouille qui apparaît et qui saute ou une libellule qui s'envole.

Je ris très fort toute seule, car je gratte le plâtre avec mes doigts et je fabrique maintenant une fleur qui deviendra ensuite un oiseau. Loin de m'inquiéter, je savoure avec plaisir ma rêveuse contemplation. Le crépuscule bleuit le haras et s'infiltre à travers les carreaux, les chevaux sont rentrés, ils font du vacarme en tapant avec les sabots sur le sol, ils piaffent d'impatience et probablement sentent ma présence, car ils sont énervés.

J'ai envie de faire pipi et je n'arrive plus à me retenir alors je mets les cageots les uns sur les autres et j'arrive à grimper tout en haut et à me faufiler par la lucarne qui donne sur un petit muret, mais je rate mon coup et je dégringole ! Heureusement j'atterris sans dommage, mais au milieu d'une montagne de fumier !

J'ai un petit problème. J'aime bien Babab, mais c'est Martin un grand de l'école des garçons qui m'aime.

– Martin aimerait te voir, me dit son petit frère à la sortie de l'école.

– Pourquoi ? je demande, un peu affolée.

— Je ne sais pas dit-il en riant avec un demi-sourire narquois et mystérieux au coin des lèvres.

Martin est en CM2 et il semble m'attendre près du vendeur ambulant de bananes et cacahuètes grillées.

— Mon frère m'a dit que tu voulais me parler commence-t-il avec un doux sourire.

— Moi !

— C'est ce qu'il m'a dit ajoute-t-il en continuant de sourire sans raison.

— Ton frère vient de me dire le contraire et c'est plutôt toi qui voulais me parler. Martin me regarde de ses grands yeux verts et il achète un cola et il me propose : on partage ! Nous buvons chacun à notre tour dans la bouteille et il me confie :

— Tu n'es pas comme les autres et puis tu joues au ballon. De toutes les filles de la ville de Tabou c'est toi qui as le plus d'énergie ! Je reste figée et je ne comprends pas grand-chose à la situation.

Martin croit que j'ai tout ça en moins de cinq minutes, mais qu'est-ce que ça peut bien vouloir dire. Moi je n'aime pas mon « énergie » du tout, j'ai les genoux couronnés et les mains égratignées et je n'aime qu'une seule personne, c'est Lou, je rêve de lui toutes les nuits.

Mara pense qu'il est temps que j'aille voir le Babalawo

La famille de Mara venait du Nigeria et elle appartenait à l'ethnie très ancienne des Yorubas. Pour

Mara la famille était très importante et elle me décrivait très souvent ses nombreux frères et sœurs, cousins, cousines, oncles et tantes. Pour moi qui étais une petite fille unique, Mara m'enchantait par tous ses souvenirs et toutes les traditions et fêtes de son village qu'elle ne se lassait jamais de me conter. Elle m'expliquait aussi que le Dieu Olorun était le dieu suprême créateur et qu'il était à l'origine de tous les êtres et que les bons ou les mauvais actes accomplis durant notre vie sur la terre seraient jugés à la mort de chacun, par Olorun.

Olorun était accompagné d'une multitude de déesses et de dieux ; les Orisha. Je n'y croyais pas, mais je m'amusais à répéter inlassablement leurs noms tels que Shango, le dieu du tonnerre et de la foudre, représenté par une double hache et peint sur les cases et les toiles africaines. Il y avait aussi Eshu, magicien sorcier, capable de protéger les humains des démons, puis venait Ogun, dieu du fer et de la guerre, adoré, par tous les artisans, forgerons et sculpteurs sur bois et bien sûr Shopona, le dieu guérisseur des maladies qui possédait le don d'influencer la magie des sorcières. Il y avait une multitude d'Orisha et chaque famille avait une protection particulière. Pour Mara, ils tenaient une grande place dans sa vie et ils étaient représentés par des statuettes ou des masques qu'elle disposait un peu partout dans la petite case où elle habitait au bord du village baigné par la lagune.

Elle m'expliquait l'importance et le respect des personnes âgées, car ils attendaient la mort très paisiblement, affirmait-elle, car ils n'ignoraient pas que dans l'autre monde leur âme immortelle resterait en contact avec leur famille et les êtres chers. Ainsi les plus jeunes avaient beaucoup d'égard envers les anciens et cherchaient à obtenir leur soutien. Elle veillait inlassablement sur les plus âgées, vénérant ses ancêtres, et je l'accompagnais parfois lors de ces visites qui m'impressionnaient et m'émouvaient à chaque fois.

Lorsqu'un villageois avait une difficulté, un souci, il rendait visite au Babalawo le prêtre du village et lorsqu'un événement important se préparait comme un mariage, une naissance il y avait également un temps spécialement prévu avec ce personnage vénérable. Mara imaginait que j'étais capable d'apporter bonheur, santé et prospérité dans ma famille et qu'on devait me traiter avec considération et me combler d'attention toutefois elle me gâtait beaucoup, parfois trop, mais elle comblait l'indifférence de Joséphine et la rudesse de Pierre.

Je n'avais pas encore participé à la fête que l'on aurait dû accomplir en l'honneur de ma naissance et Mara ne comprenait pas l'attitude des « blancs » à l'égard des enfants. Il y a bien longtemps déjà que j'aurais dû être présenté au Babalawo et cela m'aurait aidé à grandir disait-elle et à comprendre un peu mieux mon histoire.

Ce grand jour arriva, Mara m'habilla de mes plus beaux habits, ce fut une robe blanche avec un col de dentelle et elle emporta avec elle bien enveloppée dans du papier tel un objet délicat et précieux, la petite statuette qui se trouvait au-dessus de mon lit depuis ma naissance, tout en me confiant que c'était fondamental pour moi d'avoir de nouvelles interprétations sur la vie et que j'étais en âge de comprendre bien des événements.

Le Babalawo était impressionnant et déroutant, revêtu de sa grande djellaba blanche et de sa toque brodée de fil d'or et d'argent. Derrière lui de jeunes garçons revêtus d'un simple pagne jouaient du tambour dans un hymne impeccable qui s'arrêtait au quart de tour et reprenait lorsque le prêtre africain levait la main.

Il fit des incantations au-dessus de ma tête, lança des coquillages en l'air qu'il éparpilla devant moi dans le sable. Il traça des signes invisibles au-dessus de mes bras et de mes jambes puis il me peignit le visage avec une potion brune et blanche qu'il enduit également sur mes bras et mes mains et me demanda de m'allonger sur le sable. J'obéissais à Mara en qui j'avais confiance et à vrai dire cela m'amusait beaucoup. Je le trouvais très drôle et j'éclatais de rire en le voyant danser et s'agiter ainsi autour de moi.

Mara roulait les yeux en me regardant, alors bien vite je reprenais mon sérieux et j'écoutais ce personnage traditionnel africain parlant dans son dialecte, puis en français où se mêlaient également des mots anglais. Il me fit asseoir ensuite en face de lui et engagea un conciliabule avec moi sur toutes les choses naturelles de la vie, sur mon univers d'enfants et d'écolière, sur les lectures que je lisais, sur mes goûts préférés.

Je fus agréablement surprise, car il s'exprimait parfaitement bien et il se dégageait de sa personne une certaine bienveillance qui m'apaisait et me rassurait, alors j'engageais aussi la conversation d'une façon très enjouée.

C'est alors que j'appris – même si je le savais depuis toujours - que nous étions deux à la naissance Lou et moi et que j'étais venue au monde la première. Dans la tradition des Yorubas on considère que les jumeaux ont une seule essence et que si l'un des deux meurt, la vie du survivant est mise en danger, car son esprit n'est plus en équilibre ; il faut trouver un moyen pour y remédier et réunir à nouveau les deux âmes. C'est pour cela que l'unique nouveau-né est confié au culte de l'Orisha Ibeji. La déesse des jumeaux représente à travers cette figurine le gardien, l'âme de son frère défunt.

Mara me l'avait offerte quand j'étais tout bébé, comme elle l'aurait fait pour un enfant de son peuple et je savais combien cette statuette était influente sans trop savoir pourquoi ; je l'observais là, au-dessus de mon lit, depuis toujours.

L'homme à la djellaba conseilla à Mara, comme je n'étais pas une Yoruba, ni Nigérienne de faire à la manière de la tradition européenne et de trouver un lieu pour y ensevelir mon Ibeji.

Lorsque je me remémore ces traditions africaines, je m'interroge souriant sur ces mystérieuses évocations où la religion se mêle à la mythologie, malgré tout j'en suis émerveillée lorsque je revois cet épisode de ma petite enfance et ce qu'il m'évoque.

Combien cet homme intelligent et plein de bon sens avait eu raison de suggérer cet acte à Mara, combien cette scène fut importante pour moi et pour mon équilibre futur qu'il me permit de retrouver en partie, car on s'était enfin intéressé à quelque chose qui me touchait et me perturbait depuis tant d'années même si cela provoqua d'autres conflits.

Avec Mara, nous prîmes congé du Babalawo en ce mercredi après-midi calme, ensoleillé, joyeux et nous nous rendîmes à l'extrémité du jardin de la Malaguette, tout près de la cabane qui me servait à présent de jeux et de cachette puisque je ne pouvais plus me réfugier dans mon cher manguier.

J'enfouis dans l'abysse de la terre ma petite statuette avec beaucoup d'ardeur et j'y semais des graines qu'Amadou m'avait confiées.

Ce geste m'émut et me fit pleurer tout autant qu'il m'enthousiasma. Lou ou Loukhas, comme aurait dû s'appeler mon frère jumeau, s'il avait vécu, reposait maintenant bien tranquillement au tréfonds du jardin près de mon espace de jeu.

Toutefois, cela ne m'empêcha pas de lui parler ni de lui dévoiler mes secrets. Lou faisait partie de tout mon petit être perpétuellement et j'avais inventé pour lui ce jargon indéchiffrable que seule je connaissais et qui était un petit arrangement avec la vie. Mara sortit du sac qu'elle portait sur elle trois petites bougies moulées dans des pots de terre pourpre ; elle les alluma et les posa parmi les feuilles et les quelques fleurs que j'avais déposées par-dessus le monticule de terre. Les mèches grésillèrent et de minces flammèches pâles tremblotèrent. Le jour baissait, et la lumière prenait une tonalité différente et peut-être, plus encore, les songes évanescents tissés par les vivants et ceux inexplicables, noués par les disparus composent-ils cet étrange amalgame qui naissait de la lumière.

Était-ce l'écorce des arbres, les lèvres de Mara qui fredonnait, les fleurs du jardin et les chants des oiseaux qui étamaient ce jour-là l'espace de la Malaguette et qui réverbérait la lumière ? Car toute lumière vient de la nuit infinie qui l'a précédée, dans les profondeurs de laquelle elle s'est enfantée, des ténèbres de laquelle elle s'est arrachée. La lumière devenait dialogue entre l'esprit et la matière, un effleurement d'invisible.

Un mystère.

19

Le testament

Lorsque Joséphine et Pierre me virent ainsi grimée, ils me pressèrent de questions et je racontais ma journée avec Mara, n'omettant aucun de ces petits riens qui m'avaient amusée ou impressionnée, car c'était une bonne journée. Mais ils ne comprirent rien à ce que je prononçais et voyant mon air excité et exalté ils estimèrent que Mara n'avait pas eu raison de m'entraîner ainsi à cette cérémonie. Ma trop grande confiance nous perdit toutes les deux.

Pierre se mit très en colère :

– Cette personne n'a aucun droit sur Jasmine et elle n'a pas à lui imposer sa religion de cette façon, elle n'aurait jamais dû l'accompagner là-bas sans notre permission. C'est déjà une enfant difficile qui n'écoute rien et qui n'en fait qu'à sa tête et j'ai beaucoup de mal à l'éduquer se plaignait Pierre à Joséphine. Ta fille est tout simplement mal élevée, impertinente, elle m'affronte de son regard et jamais elle ne baisse les yeux, mais j'y arriverai, j'obtiendrai d'elle du respect : je la ferai obéir coûte que coûte poursuivait-il en levant les yeux au-dessus de son journal, exaspéré.

Cette personne aurait dû partir depuis longtemps déjà, et je ne sais pas pourquoi tu ne t'en es pas souciée poursuivait-il agacé.

— Mais renchérissait Jo, ennuyée, elle était déjà au service de M. et Me. Feissole et quand je travaillais c'est Mara qui s'occupait de Jasmine. Je l'ai toujours vue ici poursuivait-elle tant bien que mal.

Eh bien, il est tant que cela change, cette époque est bel et bien terminée, je lui parlerai demain affirma Pierre et rien ne put lui faire changer d'avis. Joséphine se résigna et elle se rangea une fois de plus au côté de Pierre.

L'entretien fut long et pénible. Mara ne s'y attendait pas probablement, elle faisait partie de la famille et de la Malaguette, c'est ce qu'elle pensait et je le croyais aussi. Elle dut s'expliquer : ce fut un dialogue de sourds, car Pierre ne voulait rien entendre et Mara cherchait à se justifier et à convaincre tout naturellement.

Puis, Mara garda le silence, raide, les sourcils froncés ne laissant paraître que l'inconfort de sa situation par une crispation hostile des épaules.

Un matin, je l'accompagnais jusque vers la grille de la Malaguette, main dans la main ; elle s'accroupit à ma hauteur et me serra longuement dans ses bras en pleurant. Je ne compris pas sur le moment que je ne la reverrais plus, mais je sentais que ce n'était pas comme d'ordinaire. Les larmes de Mara me chaviraient totalement. Elle me murmura de tendres paroles bienveillantes et délicates, qu'elle me porterait toujours dans son cœur, de constamment regarder droit devant et elle me couvrit de baisers. Puis elle me remit un petit paquet qu'elle m'avait préparé. Je l'ouvrais bien vite ; il y avait là une petite poupée en or toute ciselée et sculptée avec sa chaîne. Mara me la passa autour du cou et me raconta une nouvelle histoire. C'était l'épopée du peuple Ashanti qui fut fondée au dix-huitième siècle par le grand roi Osei Toutou dont le siège d'or tombé des cieux contenait et contient toujours l'âme de la nation et qui avait planté deux arbres dans la forêt, l'un mourut et l'autre vécut. Puis elle me passa le pendentif en or autour du cou. Il représentait une figure féminine et Mara me dit que c'était la déesse de la fertilité et de la beauté.

– Tu verras, un jour tu auras aussi une famille bien à toi et de beaux enfants, en attendant, porte-la toujours bien sur ton cœur. Ce furent ces dernières paroles, son dernier conte et sa silhouette cadencée disparue à jamais au coin du chemin derrière les flamboyants et les palétuviers.

Chaque jour je l'attendais, hélas ! Elle ne revint jamais plus et Joséphine m'expliqua qu'elle était partie très loin, pour se marier.

J'avais 10 ans et ce fut le plus gros chagrin que j'ai pu avoir durant cette petite enfance chaotique. J'errais dans la maison inconsolable, triste et désespérée ou bien j'allais à la grille attendre Mara qui ne venait pas. Je ne comprenais pas ce que m'avait dit Joséphine et je ne pouvais pas l'admettre ni l'imaginer quand elle m'affirmait qu'elle ne reviendrait pas.

Je ne croyais pas Mara capable que de me faire une

telle chose que de m'abandonner ainsi, c'était bien pire que tous les coups de fouet de Pierre. Je voulais bien passer des heures dans les boxes à chevaux, je voulais bien tout ce que tout le monde souhaitait même si je ne comprenais pas le langage des grandes personnes, mais ce que je désirais plus que tout c'était Mara, ses bras, ses câlins, ses repas, ses goûters, ses chants, ses rires, j'aspirais à la tendresse de Mara de toutes mes forces.

Je m'effondrais des heures en larme, je ne jouais plus, je n'acceptais plus de manger, c'était comme si le sol se dérobait sous mes pieds, comme si c'était la terre elle-même qu'on allait ensevelir, et le temps s'était effondré tout d'une masse. Il s'agissait d'une mutilation, on me tranchait mes racines. Par cette brèche aiguë ouverte, c'était un goût de vent très rance qui s'engouffrait. Les heures du jour étaient hérissées de ronces auxquelles je m'écorchais à chaque pas, chaque geste, chaque regard ; ma pensée était traquée, harcelée, ma mémoire emplie de souvenirs à craquer dont les remous provoquaient de subits haut-le-cœur.

Jasmine fit un naufrage.

Ce fut une saison de calvaire.

À force de ravaler mes larmes et mes cris de fureur, de douleur, d'appel, tout me donnait la nausée. La nuit je ne pouvais pas dormir et le corps de Mara m'apparaissait dans l'obscurité, prenait vie à mes côtés. J'entendais sa voix, son souffle et pourtant ce n'était que le bruit sourd, le bruit seul de mon propre sang qui frappait à mes oreilles, lancinant.

Le visage de Mara, l'éclat de son regard, son sourire,

les effleurements de son épaule, je tendais la main, mais elle se refermait sur le vide. Le sommeil arrivait enfin, mais il ne durait pas. Les cauchemars reprenaient le combat, démasquant des souvenirs oubliés, animant des images d'une telle force qu'elles me réveillaient en sursaut en criant sous mes paupières.

La nuit n'était qu'un fleuve débordant de toutes parts. Je n'en voyais pas le bout et j'éprouvais l'angoisse des naufragés ballottés dans la tourmente et qui ne savent même pas de quel côté se trouve la terre, ni même si la terre existe encore.

Le jour se levait enfin, mais la terre demeurait hors de vue. Je voulais mourir, car s'en était vraiment trop de cette douleur que je ne maîtrisais ni ne pouvait nommer. Mais la vie ne cédait pas, car on ne meurt pas de ces chagrins, on ne meurt pas au moment voulu et on perdure tant bien que mal en essayant de redresser son cœur tout de guingois.

— « *Cher Mister God écrivais-je un jour, les oiseaux de mon manguier ont très faim, mais ils ne savent plus se nourrir. Les oiseaux sont toujours affamés et il leur faut chercher leur nourriture, il leur faut faire de longs voyages, ils doivent lutter pour nourrir leur petit, se battre contre les prédateurs et persévérer quand on leur détruit leur nid et qu'on croque leurs oisillons. Je crois que tu as oublié quelque chose de très important, car lorsque les oiseaux se font lacérer par les chats ou tuer par les chasseurs tu n'es plus là et tu les abandonnes à leur triste sort ? Alors, ça veut dire que tu n'as pas tenu ta promesse aux oiseaux et que tu te moques de moi. Eh bien, moi, je ne veux pas vivre sans Mara, je ne veux plus rien, plus de livres, plus de jouets et je veux bien offrir tout ce que j'ai à Babab et j'irai rejoindre Lou qui m'attend sûrement quelque part. Jasmine.* »

Et je n'avalais plus aucune nourriture, plus rien du tout, malgré la bonne odeur du chocolat au lait du petit-déjeuner, malgré les cris, les supplications de Joséphine, les taloches et les punitions de Pierre, malgré les visites et les sourires d'encouragement de Babab, une douleur fulgurante me figeait sur place : j'avais tout simplement un couteau qui me déchirait le cœur.

Le vent chante dans les palmes un air un peu enroué à la cadence mal ordonnée. C'est le mugissement de la mer dans le creux des coquillages, mais ce n'est pas une liesse.

Ce vent est à son paroxysme. Il est glacial tout à coup. La tête me tourne et je glisse sur le tapis de bain. J'ai pensé à toi si fort, Mara, lorsque tu me lavais et frictionnais dans la bassine d'eau alors que j'étais déjà bien trop grande, mais que tu me massais comme si j'étais encore un nourrisson dont le corps doit être fortifié à force de soins et d'amour.

Le tapis de bain se froisse sous mon poids et je reste là gisant sur le sol carrelé. Tu étais mon rêve fou d'amour irréalisable, insoutenable.

Une migraine soudaine s'infiltre dans mon esprit brûlant. J'ai mal dans le bas du ventre, et j'ai la nausée. Mes paupières appesanties chancellent. Jamais plus mes yeux ne pourront s'ouvrir pour te revoir.

Un homme en blouse blanche m'accompagne dans son bureau et me fait asseoir dans un fauteuil. Il s'installe en face de moi et nous passons l'après-midi à jouer à des jeux. Je dois manipuler des cubes, des cylindres, des pyramides. Je réponds aux questions que l'homme me pose d'une voix douce : en même temps je me méfie, je sais qu'il ne s'agit pas de jouer, mais de prouver quelque chose. Il m'offre du jus d'orange et me demande de prononcer quelques mots. Tous les mots qui me passeront par la tête, n'importent lesquels.

Je dis :

— Arbre, mangue, école, livre, oiseaux. J'hésite, je ne sais plus, et si je regarde autour de moi. Il s'apercevra que je n'ai plus d'idée alors j'essaye quand même de regarder dans la pièce sans qu'il me voie et je continue en murmurant :

— Bureau, chaise, table, mais il ne faut pas qu'il y ait des mots répétés, bébé, fille, garçon, table, chaise, mais j'ai déjà dit table, chaise il va me trouver ridicule si je continue comme ça, Christie, Paul, Joséphine, Lou euh Ma… euh Mara, ma, euh. Maman et j'éclate en sanglot, anéantie. C'est tout, ça s'arrête là.

C'est dimanche, je suis confiée pour la journée entière à Amadou le jardinier, car Pierre et Joséphine sont absents. Il m'emmène à Tabou dans sa petite maison, bercée par les palmiers. Dans la cour, à l'heure du déjeuner l'épouse d'Amadou prépare la cuisine. Elle fait revenir de la viande dans une marmite sur un feu de bois avec des tomates, des oignons, des arachides et toutes sortes d'épices et d'aromates. Ça sent délicieusement bon, ça sent Mara et soudainement c'est l'effluve de la peau de Mara qui m'enrobe comme un voile, mes yeux me piquent et je suis d'un seul coup, à nouveau accablée de chagrin.

Chez Amadou, il y a beaucoup d'enfants qui jouent partout dans la cour de la maison. Ils sont vêtus de petites chemises colorées imprégnées de l'odeur du savon végétal avec lequel on les a lavés. Ils semblent très heureux et se poursuivent en jouant à la balle.

Mia, la plus grande fille, tendre et affectueuse, essaye de me consoler ; elle m'embrasse, me prend dans ses bras, fait quelques pas de danse avec moi contre elle et elle affirme que je ne suis pas plus grosse qu'un haricot puis elle me fait visiter la chaleureuse petite case où tout est parfaitement ordonné. Elle m'invite à venir confectionner de la sauce à l'oseille en sa compagnie, pour aider sa maman et qui complétera le repas.

Cela m'amuse beaucoup, car je ne fais jamais la cuisine à La Malaguette. Je coupe les feuilles d'oseille avec application en petits morceaux je les mélange avec de l'huile, des épices et des tomates et nous les faisons cuire dans une petite casserole sur le foyer prévu à cet effet. Quand le déjeuner est prêt, toute la grande famille d'Amadou s'assoit sur des petits fauteuils en bois d'ébène autour d'une table ronde habillée d'un drap brodé et peint d'animaux et de fleurs de couleurs vives et tous, se restaurent et savourent avec allégresse et bon appétit les mets préparés par la maman. Les enfants peuvent goûter la nourriture avec leurs doigts, ils ne se font pas gronder, ils racontent leur journée et manifestent leur plaisir ; tout le monde passe un bon moment.

Alors, je me décide, je prends un tout petit morceau,

j'essaye de l'avaler, j'en prends un autre et encore un autre et c'est très bon et je mange tout ce que j'ai dans mon assiette. Amadou est radieux et satisfait. Il apporte ensuite une corbeille emplie de fruits et il m'offre le plus beau et le plus gros ; c'est une belle mangue

Je la mange avec les doigts, je tache tous mes habits et je mords dedans à pleines dents. C'est la fête, Amadou s'empare de sa cora, il joue et chante une mélodie : les enfants chantent en chœur et applaudissent et leur chant s'envole par les fenêtres entrebâillées comme des bribes de vie légère et douce jusqu'au ciel d'azur.

En fin d'après-midi lorsque nous retrouvons le jardin de la Malaguette, le vieil homme s'approche du manguier. Sans un mot il prend une tenaille et il coupe, il arrache impitoyable et infatigable toutes les jointures du grillage qui entourent et étouffent le bel arbre, puis il retire son chapeau et se dirige en direction de la véranda où se trouve Pierre qui lit son journal en compagnie de Joséphine et, Pierre écoute attentivement le jardinier qui prend la parole avec fermeté.

Il lui raconte les tourments de l'arbre dont les racines sont nourricières. Plus elles s'enfoncent et prolifèrent, plus elles puisent la sève qui donne à l'arbre sa force et son élan. Amadou raconte la détresse de ce manguier si vieux, qui a connu la soif, la faim, l'épuisement et qui est entré en agonie peu à peu rongé par ce parasite creusant et affaiblissant son tronc tout au long de ces dernières années et qu'il a fallu combattre avec beaucoup de difficulté. Joséphine sourit et elle se souvient de ces premières années à la Malaguette où elle avait tellement insisté pour préserver ce vieil arbre. Amadou sourit aussi, car bien avant Joséphine, Jessy et Alexander Feissole conversaient sous son ombre et bien au-delà de leur arrivée sur cette terre son peuple qui vivait ici possédait ce jeune arbre tout neuf.

Cet homme d'habitude réservé qui ne discutait ni n'ouvrait la bouche inutilement, bavarda très longtemps.

Pierre fut convaincu : il laissa faire Amadou qu'il respectait pour son vieil âge, son obstination et sa grande connaissance de l'horticulture.

Amadou me reprit par la main et nous nous installâmes un moment tous les deux à l'ombre de son majestueux feuillage.

– Écoute, me dit-il et toutes les rides de son vieux visage semblent s'animer et sourirent en même temps.

– Les arbres ne possèdent rien, si ce n'est que leur patience. Ils laissent s'éclore et s'épanouir leurs fleurs à la face du ciel, ils offrent leurs fruits que les oiseaux viennent picorer. Ils distribuent au vent, aux bestioles leurs mannes végétales et leurs abris à tous ceux qui viennent s'y réfugier. Ils donnent jusqu'à leur ombre bleue et généreuse, ils n'ont pas de rancœur, ils n'ont pas d'amertume. Ils exhalent leur peine en senteurs délicates et en fin chuchotis. Ils portent les enfants aux rêves intrépides jusqu'à la cime de leurs songes végétaux, les bercent dans leur bras, leur apprennent à regarder la terre avec des yeux nouveaux, avec un cœur plus doux et le ciel, avec des yeux immenses et une âme cristalline. Contemple, Jasmine, la patience des arbres qui veillent sans fin de l'aube à la nuit et de la nuit au jour, leurs branches dressées comme des bras d'hommes en prière. Reçois cette patience, car même cela ils te l'offrent ; accepte cette douceur, cette humilité, elle est pur amour jusque dans les racines noueuses et tordues de souffrance. Patience, silence comme une oraison, un testament, un héritage.

Je fermais les yeux doucement, je m'endormis apaisée, au pied du manguier. Lorsque je les rouvris, il y avait près de moi mon petit frère qui jouait calmement et qui me réclamait. Amadou avait disparu. Je tournais plusieurs fois autour de l'arbre, mais je ne retrouvais pas la petite fente qui m'avait permis de me glisser au cœur de son tronc. Je cherchais longtemps passant ma main sur la rugosité de l'écorce, mais je ne fis plus aucune découverte.

L'arbre enserré dans son grillage à l'étroit avait peut-être cicatrisé de ses blessures en rapprochant les deux contours l'un contre l'autre ou bien tout simplement j'avais grandi et l'ouverture me paraissait si petite que je ne pouvais plus m'y glisser.

Ses branches se déployaient magnifiques jusqu'au ciel bleu d'acier offrant leurs ombres, leurs fruits, leurs feuilles rouges et rosées à nos regards admiratifs. Je m'en éloignais tout doucement, il enfermait au creux de son cœur toutes les joies et les souffrances de ma petite enfance en les préservant bien précieusement. Oui, je grandissais peu à peu…

20

Deux boutons de fleur

– Jasmine ! Jasmine ! Tu joues avec moi ?

Mon petit frère était là devant moi, le visage angélique entouré de ses boucles blondes et son minois criblé de taches de rousseur. Il était toujours quémandeur de jeux et d'affection à mon égard et je lui rendais bien.

J'avais un peu dédaigné ce tendre bébé calme et paisible qui occupait désormais Joséphine à longueur de journée et qui réjouissait Pierre. Un garçon, quel bonheur ! Et puis peu à peu je m'attachais à lui, car il me sollicitait souvent, manifestait très fort sa joie lorsqu'il m'apercevait. En grandissant, je ne pus que l'aimer davantage, car son caractère doux et gracieux s'affirmait un peu plus. Très vite, Joséphine reprit ses occupations, son travail et je m'occupais avec bonheur de mon adorable petit frère l'entourant de tout mon amour.

Nos parents sortaient, organisaient parfois des soirées d'une quarantaine de personnes ou plus : il semblait que Joséphine découvrait peu à peu l'art d'être une parfaite maîtresse de maison et La Malaguette ressemblait en abrégé cependant, à ce qu'elle était un peu lorsque Jessy Feissole la dirigeait et avant qu'elle ne soit malade. C'est ce qu'Amadou m'avait expliqué.

Nous, les enfants nous étions censés être dans notre chambre et dormir, mais livrés à nous-mêmes ils nous arrivaient de nous relever les yeux embrumés de sommeil. Je me souviens de ces fêtes ou j'errais parfois au milieu des grandes personnes ou bien cachée sous la table de la véranda avec mon frère nous pouffions de rire en observant l'attitude de certains individus empesés par leurs costumes cravate, un peu trop endimanchés pour ces soirées africaines où l'air était chaud et humide.

Quelquefois, j'eus le droit d'y assister, pour aider Joséphine à préparer le buffet, empiler les morceaux de volailles sur les assiettes et faire la navette entre la cuisine et la véranda. Trop grande pour être mise au lit avec les enfants plus petits des invités et trop jeunes pour participer aux conversations, je traînais dans les pièces en observant étonnée l'attitude des uns et des autres. Il y avait en général, plusieurs degrés lors de ces fêtes.

Tout d'abord, les femmes discutaient entre elles un verre à la main. Elles parlaient toilette, chaussures, coiffure, enfants en riant beaucoup et en comparant les avis des unes et des autres. Les hommes se tenaient entre eux, à l'autre bout de la pièce, riant plus fort, se congratulant et parfois deux d'entre eux s'isolaient un peu plus loin, pour parler affaires.

Puis, les femmes et les hommes se rapprochaient

petit à petit resserrant « le cercle » et après avoir goûté précipitamment au buffet, certains se mettaient à danser. Ensuite, l'atmosphère changeait et ce qui d'ordinaire ressemblait à une « famille » se métamorphosait étonnamment. C'est ainsi que j'admirais Joséphine et Pierre, enlacés, virevoltant sur des musiques endiablées, puis au fil de la soirée Joséphine dansait avec M. Bailly notre voisin à l'air très enjoué. Ce qui était encore plus étrange, c'est que Mme Bailly qui riait follement aux éclats, une coupe de bulles à la main avec un de ses amis, ne voyait pas l'œil pétillant de son mari ni les caresses subjectives et pressantes qu'il prodiguait à Joséphine. Elle ne les voyait pas non plus qui s'éclipsaient discrètement vers le fond du jardin et tout au plus, quand elle désirait parler à son époux elle disait :

— Vous n'auriez pas vu André quelque part ? Nous n'allons peut-être pas tarder à partir !

Le « André » en question émergeait de l'obscurité la mine chiffonnée, rouge écarlate, suivi cinq minutes plus tard de Joséphine aux anges qui remettait sa chaussure à talon, défroissait sa robe et entrait dans la pièce aussi naturellement qu'elle en était sortie.

D'un pas décidé, elle se précipitait vers Pierre qu'elle embrassait éperdument en disant :

— Tout va bien mon amour, quelle soirée merveilleuse, n'est-ce pas ? Je m'amuse comme une folle ! Que toutes ces personnes sont charmantes. Pierre prenait sa femme par la taille et lui rendait son baiser, affectueusement.

— N'est-elle pas délicieuse ma petite femme ? disait-il, émoustillé, en s'adressant à ses amis.

Il en était de même pour d'autres couples qui se formaient et qui n'étaient étrangement pas ceux qui étaient arrivés ensemble.

Il y avait même un autre degré de tension qui éclatait parfois à cette heure tardive de la nuit où les querelles l'emportaient sur l'alcool et les esprits échauffés ; la sagesse m'indiquait mon lit tandis que je m'éclipsais pour laisser ce monde qui ne m'appartenait pas, au mystère de la nuit. J'entendais par les persiennes ouvertes, les éclats de voix qui montaient du jardin jusque dans ma chambre. Décidément les nuits révélaient une autre réalité bien surprenante chez toutes ces grandes personnes et j'assistais intriguée à ces jeux bizarres en m'interrogeant sur le sens qu'il pouvait bien avoir.

Je venais d'avoir 13 ans et j'avais cessé de rechercher absolument la tendresse de Joséphine bien que je l'admirais énormément. Je la trouvais belle, j'aurais tellement voulu qu'elle s'intéresse plus à moi, qu'elle me câline et qu'elle me dise qu'elle m'aime, mais je savais à présent que cela était impossible. Je pénétrais parfois dans sa chambre en catimini, effleurant ses robes, essayant ses chaussures, débusquant les bouteilles de parfum dont j'inspirais longuement les effluves en me regardant dans le miroir de son armoire. Mes yeux se promenaient sur les murs, embrassaient les objets disposés çà et là.

Un jour un des tiroirs de sa commode était ouvert, j'y glissais la main doucement frôlant les colliers, les tenues diverses, les petites pochettes en tissus. Ma main heurta un coffret en bois travaillé dissimulé sous un foulard. J'avais le cœur qui battait la chamade, mais ce fut plus fort que moi, je l'ouvris précipitamment. Il contenait des articles et des coupures de presse jaunies par le temps et un journal intime.

Joséphine très jeune posait à côté d'un jeune homme souriant dont la beauté était presque intimidante, vêtu d'une veste kaki ouverte sur la poitrine.

Je lus les coupures de presse à la hâte. Je découvris le nom et l'histoire de Paul. Il y avait d'autres photos de Christie, de La Malaguette. J'avais l'impression d'entrevoir et de cerner quelque chose d'important, de difficile, de délicat à la fois et c'est le cœur battant que je refermais bien vite la boite et m'enfuis en courant, mais je n'oubliais pas ce que j'avais cru comprendre.

Nous avions plusieurs fois eu la visite de M. et Mme Feissole qui venait s'enquérir des affaires de leur domaine et de leur plantation et qui se rendaient surtout à l'orphelinat de Tabou, car ils avaient adopté deux petites filles pour leur plus grand bonheur. C'est à cette occasion que je revis Alexander.

Un après-midi de nonchalance embrasée par la chaleur épuisante tandis que je méditais et rêvais dans la cabane au fond du jardin, allongée sur la banquette en bois, je le vis dans l'encadrement de porte et qui m'observait. J'étais allongée à plat ventre, pieds nus, la jupe relevée sur mes cuisses, car il faisait chaud, mes bras repliés sous mon menton. Je ne l'avais pas vu venir et je tressaillis.

— Surtout, ne bouge pas, me dit-il. Je passais à

l'improviste et que vois-je dans ma cabane, une jolie libellule. Comme tu as grandi, tu es une véritable petite jeune fille !

Je rougissais d'un seul coup, car Alexander Feissole ne me laissait pas indifférente, je l'aimais beaucoup et tout autant il m'impressionnait. Il releva le vieux chevalet qu'il rafistola comme il put, il retrouva une vieille feuille qui traînait dans une malle abandonnée ainsi qu'un tube décoloré de peinture à l'huile et en un clin d'œil il entreprit de croquer la scène qu'il avait devant lui. Il fit plusieurs motifs qu'il terminait très vite et recommençait à l'infini. Puis il se levait, venait près de moi relevait un pan de ma jupe qui était retombée, il arrangeait le corsage à sa façon déboutonnant un ou deux rubans, prenait ma main pour la replacer où il le désirait ou détachait mes cheveux qui un peu fous auréolaient mon visage.

Je me laissais faire, étonnée, de ce nouveau jeu et intriguée du résultat que je découvrirai sur la feuille blanche. Tout en peignant, il me parlait, de sa nouvelle vie. Mon cœur se troublait, s'emballait en écoutant Monsieur Feissole parler et je ne pus retenir des larmes d'émotion. J'aurais voulu qu'il me prenne dans ses bras, je me souvenais de moi petite sur ses genoux et des dessins d'autrefois réalisés ensemble. Est-ce qu'il sentit mon émoi et ma détresse ?

Quand il eut terminé ses dessins, il en garda un et m'offrit les autres. L'image que renvoyait la feuille était une fillette qui peu à peu se métamorphosait en jeune fille avec deux boutons de fleurs écloses sur son buste de fillette, un sourire encore naïf et enfantin.

Alexander Feissole m'attira à lui et me serra contre sa poitrine.

– Êtes-vous mon père M. Feissole ? J'osais avec beaucoup de courage lui poser, enfin, cette question.

Il ne dit rien, mais il disparut pour revenir chargé d'une caisse en bois qui contenait tout le matériel nécessaire pour peindre, dessiner et s'occuper pendant des heures. Il me l'offrit. J'en fus étonnée, surprise et enchantée ; personne ne m'avait encore fait de cadeau aussi précieux. Je lui sautais au cou en l'embrassant bien fort, il me rendit un tendre baiser.

Et puis, je n'eus plus de nouvelle. Joséphine évitait de parler d'Alexander, le domaine de la Malaguette fut vendu à Pierre qui le racheta et bénéficia également des plantations. J'appris bien des années plus tard qu'il était reparti en France puis à l'étranger. Qui sait aujourd'hui ce qu'il est devenu, pense-t-il encore à moi ? Il a dû oublier cette petite fille secrète qui errait dans la cabane du jardin.

Moi, je ne l'ai pas oublié et petit à petit le dessin, la peinture a pris vie au bout de mes doigts maladroits m'étonnant quelques fois de ce que mon imagination pouvait engendrer.

Christie, également revint plusieurs fois au plus grand bonheur de Joséphine qui ne l'oubliait pas et de ma joie également, elle était restée la même femme généreuse, aimante et attentionnée.

Elle pouvait partir durant de longues périodes,

appelées par son travail, mais revenir également et rester autant de temps à Tabou. Son amitié et sa tendresse s'étoffaient au fil des jours et des mois.

Mes années de collège se déroulaient tant bien que mal, j'étais trop jeune, ayant une année entière d'avance, ce qui paraissait un jeu à l'école primaire du temps où sœur Marie m'avait fait sauter une classe devenait une bannière lourde à porter.

Je n'arrivais pas à me faire d'amies, je ne comprenais rien aux mathématiques, je coulais dans presque toutes les matières préférant réfléchir en inventant des histoires que je recopiais sur mes cahiers de brouillon. Seuls mon cahier de poésie et mon cahier de dessin trouvaient grâce à mes yeux, le reste ne m'intéressait pas trop.

Ce fut avec Christie que j'appris à faire mes devoirs, à répéter mes leçons et surtout à apprendre un peu mieux à écrire et elle ne se lassa jamais de répéter plusieurs fois les mêmes conseils jusqu'à ce qu'enfin ma lenteur naturelle se débloque et que je perde ce handicap pour avoir non pas une scolarité excellente, tout au moins normale ce qui m'évitait enfin les remontrances de Pierre et les discours de morale incessants lorsqu'il épluchait mon bulletin trimestriel dans tous les sens ne m'épargnant aucune critique.

Je nous revois mon frère et moi dans son bureau, le cœur battant, écoutant les conseils, les reproches. Il devenait rouge de colère et l'envie de prendre son fouet pour nous battre le démangeait plus d'une fois, mais nous étions maintenant un peu plus grands pour ce genre de sanction et un peu plus forts, tous les deux complices : nos coups d'œil furtifs provoquaient des fous rires nerveux que nous étouffions et qui finissaient par éclater sans que nous ne puissions rien maîtriser. Nous étions certains de ne pas couper à la punition ! Nous ne voyions Pierre que très rarement, son travail l'appelait à de nombreux déplacements à l'étranger et lorsqu'il revenait à La Malaguette, seules les retrouvailles avec Joséphine l'intéressaient.

Il continua d'être excessif, maladroit et démesuré tant dans ses paroles que dans ses gestes violents parfois, j'avais appris à m'en protéger, quelquefois pourtant, je ne sus pas toujours me défendre, il gagnait la partie, laissant mon âme meurtrie.

Des chagrins intenses dont on se remet difficilement, mais aussi des joies : j'eus l'extrême bonheur de découvrir un jour que j'avais une grand-mère qui m'attendait en France et que je ne connaissais pas.

Chaque été, je pus la rejoindre avec mon jeune frère, mieux la connaître ; elle nous comblait entièrement de sa grande tendresse, de son amour pour la nature et grâce à elle j'appris à connaître un peu mieux ce nouveau pays qui était aussi le mien puisque j'étais française.

Enfin, je passais des heures délicieuses dans la famille d'Amadou où je me réfugiais dans sa petite maison bordée par les palmiers et les bougainvillées, je devins la grande amie de Mia sa fille aînée. Bien qu'elle ait plus de dix ans de différence avec moi, nous étions en parfaite osmose. Je redevenais à ses côtés cette petite fille gaie et espiègle, aimante et heureuse de vivre que je pouvais être ou bien, je partageais profondément des instants de confidences. Je passais des heures délicieuses avec Mia qui m'apprit toutes sortes de « choses » sur la vie.

Allongée toutes les deux sur la natte bariolée qui nous servait de tapis de sol, ma joue posée contre l'épaule de la jeune fille qui m'enlaçait, j'écoutais inlassablement les paroles qui s'échappaient de ses lèvres.

— Écoute Jasmine me dit-elle de sa voix douce : ferme les yeux.

Et la musique de ce chant mélodieux s'engouffre par les fenêtres grandes ouvertes où le soleil filtre : il illumine notre cœur de toute sa splendeur et nous réchauffe de toute sa lumière.

Je ferme les yeux, je suis dans la maison de Mia. J'ai une amie qui me dit que je suis chez moi et qui me chante une mélodie très douce, j'ai une amie et je peux me réfugier dans ses bras qui m'enlacent et me bercent, j'ai une amie à qui je peux parler et me confier quand je veux. Le sommeil paisible m'envahit enfin peu à peu et m'attire vers des contrées merveilleuses. Lorsque je me réveillerai, je serais une enfant comme les autres.

Qu'elle est belle, Mia, ta lumière !

21

Le sel de la mer
Épilogue

Je suis montée sur ce très grand bateau qui s'éloigne peu à peu du golfe de Guinée et des terres africaines, je dois poursuivre mes études à la faculté ; la ville de Tabou n'accueillant aucune structure universitaire ni aucune école pour apprendre un métier.

J'ai été très fière d'annoncer à tout le monde que j'avais obtenu mon baccalauréat ce qui ne fut pas rien pour une élève moyenne.

Le wharf a disparu depuis longtemps déjà laissant place à l'immense port de pêche, l'activité est la même depuis ton arrivée ici il y a quelques années, et l'animation de la rue, les cris des enfants, les petites vendeuses de fruits qui empilent leurs oranges en savantes pyramides, les femmes de la ville drapées dans leurs tissus bariolés qui viennent marchander sur le port de pêche pour nourrir leur famille, tous ces va-et-vient incessants n'ont pas changés.

Je suis seule sur le pont de ce bateau, tu n'as pas voulu m'accompagner, aussi je n'ai personne à qui dire au revoir, je regarde ces mains qui s'agitent, ces baisers qui s'envolent et cette foule qui se presse sur l'embarcadère.

Tout à l'heure, après avoir embrassé et serré dans mes bras mon jeune frère, j'ai fait pour la dernière fois le tour du jardin de la Malaguette avec mon fidèle Amadou, mes pas m'ont conduit vers le petit monticule de terre où tu reposes, mon Lou.

Je n'étais pas revenue sur ce lieu depuis un moment et qu'elle ne fut pas ma surprise de voir que des milliers de fleurs, toutes les unes plus belles que les autres avaient éclos çà et là. Les graines qu'Amadou m'avait offertes et que j'avais semées avec Mara s'étaient épanouies à la douce lumière, patiente et apaisante.

Il me plaît de penser, que lorsque notre cœur s'arrête de battre et que si l'on ne revient jamais sur cette terre, c'est qu'il y a quelque part, quelque chose de meilleur qui nous attend, que nous ne pouvons pas trouver ici-bas parce qu'il manque quelques détails, comme un goût d'inachevé.

Alors, Mister God, tu n'as donc pas accompli correctement ton travail ? Et les corrections ? Et les points sur les i, ou alors peut-être que tu n'y peux rien et que tu contemples impuissant notre monde offrant la liberté totale à la nature humaine en attendant... que, quoi ? Entends-tu ce chant de l'homme qui glorifie la terre, qui exalte son amour sait bientôt, mais l'homme ignore si tu l'entends !

Lou ! Comme j'aurais aimé que tu vives, que tu partages mes jeux, que tu m'accompagnes tout au long de cette enfance où tu m'as terriblement manqué.

Pourquoi, moi, ai-je dû vivre ? Pourquoi, est-ce toi qui es parti ? À deux, peut-être, nous aurions pu rendre Joséphine plus heureuse et pourquoi n'ai-je pas été ce petit garçon qu'elle désirait tant.

Tout autour de moi, les gens se pressent, se bousculent, des familles se hèlent. Il y a de la gaieté dans l'air, tout comme de la tristesse. Certains pleurent, mélancoliques de quitter les leurs, d'autres heureux dans la perspective d'un voyage, crient leur ravissement.

Je me sens très seule et pourtant le suis-je vraiment. J'ai eu l'impression, à l'instant, de t'apercevoir qui marchais, apparaissant dans la brume et le sel de la mer, il m'a semblé que tu t'appuyais près de moi au bastingage du navire et que tu me parlais dans mon charabia enfantin d'autrefois en y mêlant le cri des mouettes, le bruit de l'écume et des vagues qui se brisent sur la proue. Il m'a semblé que ton visage ressemblant étrangement au mien, aux joues pleines et aux yeux pétillants de malice, se rapprochait et se penchait tandis que tes bras protecteurs et emplis d'affection m'enlaçaient.

Je murmure ton nom, Loukhas, comme une exhalaison qui t'emporte dans le vent de la mer, je sais que tu es là, tes fleurs vives et parfumées ne me quittent pas. Du courage Loukhas, il m'en faut à travers mes larmes de sel, mais je vais et je ne redescends pas… du courage pour combattre les fièvres et les orages et te rejoindre tout là-haut, au-dessus de la vie.

Je vais parfois à la dérive où je me perds pour te retrouver, toi, Loukhas mon frère jumeau.

Sur le port, Christie m'attendait, heureuse de me

retrouver, grâce à elle, je n'ai pas été seule de l'autre côté, elle m'hébergea le temps qu'il fallut pour m'habituer et me soutenir durant tes études.

Je suis une femme de terre, de sang et de chair. Je porte le nom de famille de Pierre, pourtant mon imagination pense peut-être que je suis la fille de Paul, moi Jasmine et que c'est lui qui m'a transmis ce goût passionné de la lecture qu'il avait, celui de la nature inconditionnelle et de l'amour des êtres sans bornes. Oui, je suis probablement la fille de Paul, parti bien trop tôt et bien trop jeune.

Il me plaît aussi de penser, en souriant doucement, que je suis aussi la fille d'Alexander, comme lui, emportée parfois par mes sentiments, ma fougue passionnée et que mon amour sans limites pour l'art et la peinture seraient un bien bel héritage, que cet imperceptible trouble que je ressentais en sa présence en est le signe évident.

Peut-être aussi suis-je, après tout, la fille de Pierre qui m'a donné aussi à sa façon ce qu'il a pu et cru bien faire.

Quelle énergie ai-je dépensée, enfant, à me sentir trahie par le monde des grandes personnes qui me faisaient me pencher dans une direction et puis dans une autre. Que de malentendus et d'illusions prises pour la vérité !

Je suis ton enfant, Joséphine.

Toutes ces années, j'ai cru que tu ne m'avais rien donné, et pourtant, j'ai eu tort, car j'ai reçu beaucoup, j'aurais été à la fois Lou, Mara, Christie et toi Joséphine, j'ai rencontré des personnages extraordinaires comme Amadou et Mia qui font partie de ma vie, surtout, tu m'as indiqué ce chemin semé d'embûches que je ne dois surtout pas suivre, ce n'est pas si aisé, car cette route est si vivement enclose en notre finitude, ses houles y sont si fortes, et si lancinantes, les chants montés de ces confins qu'il me faut bien, vaille que vaille, lui faire un peu de place, lui accorder quelque attention.

Je suis maintenant bien loin des terres pourpres, appuyée contre ce hêtre et ses feuilles tendres qui offrent leurs ombres aux hôtes de passage.

Comme le temps a défilé si vite ! Au loin, j'entends les cloches du petit village qui sonnent déjà dix-neuf heures. Je me redresse et je sens contre moi mon petit pendentif qui ne me quitte pas. Je le prends dans mes mains et je le regarde emplie de tendresse ; c'est la petite poupée en or que m'avait confiée Mara le jour de son départ.

Plusieurs années, après j'ai retrouvé Babab, c'est lui plutôt qui m'a retrouvée. Ensemble nous avons poursuivi nos études, naturellement nous nous sommes unis. Babab est tendre et doux, il n'y avait que lui pour m'offrir une vie de femme équilibrée, désirant fonder une famille.

— Maman !

Mes trois enfants heureux et plein de vie viennent à ma rencontre en courant sur le chemin, jouant avec les feuilles, riant, se taquinant. Comme tu avais raison Mara, j'ai su plus tard que la petite déesse que je porte contre mon cœur depuis ce jour où tu as quitté notre maison représente la beauté et la fertilité si chère au peuple Akan qui considère la femme comme arbitre final de toute décision et qui loue la féminité pour assurer la descendance.

« Maman » je n'aurais jamais pu te dire ce simple petit mot. Joséphine, tu as connu des épreuves, des souffrances, la guerre, tu as vu ce beau pays que tu aimais tant, détruit. Tu marches aujourd'hui, toujours belle, beaucoup plus lentement, ta mauvaise humeur et ton impatience à mon égard n'ont pas changé et tu sembles ne plus te souvenir des propos décousus que tu tiens parfois.

Non loin de là se tient Christie, qui malgré son âge et ses cheveux grisonnants reste toujours élégante, intelligente. Elle ne nous a jamais abandonnés, nous accueillant dans sa maison, nous offrant sa tendresse et son amour inconditionnel. Elle est la seule personne que tu écoutes, qui arrive à te faire sourire, à t'apaiser. Nous devons tout à Christie. Elle n'a jamais souhaité refaire sa vie, préférant veiller sur nous. Ma chère Christie, combien je suis proche de toi.

La Malaguette, aujourd'hui, n'est plus qu'un tas de débris battu par les vents déchaînés de la mer où les portes se sont refermées sur nos maux et nos transgressions.

Seul un vieux manguier subsiste offrant ses branches et fruits majestueux au ciel d'azur. La liane qui formait des nœuds et asphyxiait sa lutte pour le soleil a glissé peu à peu, laissant ce poids derrière elle, faisant surgir de jeunes pousses qui fleurissent sur la souche et sur ce tronc qui a été autrefois mon cœur.

Dehors, les oiseaux soupirent et fredonnent… Je chante aux creux de tes oreilles, je chante en toi, dans ta chair et ton sang, je chante sous ta peau.

Laisse-moi me glisser jusque dans ton souffle.

Fin

TABLE

Joséphine   **11**

  1 - De terre et de sang   13

  2 - L'écume de la mer   17

  3 - La route rouge, au loin…   25

  4 - La rouille de la véranda   31

  5 - L'âme du manguier   37

  6 - De l'autre côté du domaine   41

  7 - Les battements d'ailes du papillon de nuit   49

  8 - Tcha ! Tcha ! Tcha !   53

  9 - Surprises matinales   65

  10 - Tangage et roulis   71

  11- La tasse ébréchée   89

  12 - La lagune qui emporte   95

  13 - La Baie des Sirènes   109

Jasmine   **127**

  14 - Carnet de route de Christie Baxter   129

  15 - Novembre rose   135

  16 - L'arbre sucré   143

  17 - Trois mangues bien mûres !   161

18 - Orisha et le Babalawo	175
19 - Le testament	185
20 - Deux boutons de fleur	197
21 - Le sel de la mer - Épilogue	207

Collection Magnitudes

Dirigée par Yoann Laurent-Rouault

La collection Magnitudes offre au lecteur une déclinaison d'œuvres littéraires différentes, identifiées par un chiffre (rappelant l'échelle de Richter des séismes), qui n'a pas pour vocation de classer ni de noter, mais d'informer le lecteur sur le caractère potentiellement choquant du texte, en raison du vocabulaire utilisé, d'un climat de haine, de danger, de passages décrivant des scènes de violence, d'érotisme, ou de propos crus relatifs à la religion, la politique, les mœurs.

4.0 Faible magnitude. Texte tout public.

5.0 Moyenne magnitude. Texte tout public pouvant légèrement secouer certaines sensibilités.

6.0 Assez forte magnitude. Texte tout public comportant des éléments susceptibles de heurter certaines sensibilités.

7.0 Forte magnitude. Texte comportant des éléments pouvant choquer certains lecteurs.

8.0 Très forte magnitude. Texte pouvant fortement choquer ; réservé aux lecteurs avertis.

9.0 Magnitude extrême. Texte fortement déconseillé aux âmes sensibles.

9.5 Magnitude ultime. Texte pouvant très fortement ébranler le lecteur, totalement déconseillé aux personnes sensibles.

Suivez **JDH Éditions** sur les réseaux sociaux pour en savoir plus sur les auteurs, les nouveautés, les projets…

Inscrivez-vous à notre Newsletter sur
www.jdheditions.fr
Pour recevoir l'actualité de nos nouvelles parutions